Paul Gisi
Simon der Dichter
Teilsichten aus einem Künstlerleben

Books on Demand

Bibliographische Information der Deutschen Nationalbibliothek. Die Deutsche Nationalbibliothek verzeichnet
diese Publikation in der deutschen Nationalbibliogra-
phie, detaillierte bibliographische Daten sind im Internet
über http://dnb.dnb.de abrufbar.

© 2016 Autor: Paul Gisi
Umschlagbild Ludwig Weibel
Herstellung und Verlag:
BoD – Books on Demand, Norderstedt
ISBN 9783741205125

Paul Gisi

Simon der Dichter

Ich schreibe unter dem spinnverwebten Weltalldach

Simon

Je mehr mich das Leben umherschleuderte, gleichsam von mir wegschleuderte, erlebte ich, dass ich das Gefühl bekam, mich wiederum ein bisschen näher kennen gelernt zu haben, paradox, doch das, was bewirkte, dass ich mich verlor, bewirkte, dass ich mich fand, so lösten sich mit der Zeit alle festgefügten Rahmen, alle Eindeutigkeiten in ein Vorläufiges oder gar in ein Nichts auf, in eine Vorstufe, die zu etwas ganz anderem führte, als es gedacht war, ich, Simon der Dichter, schreibe auf, verwerfe, füge zusammen, lockere auf, schleudere weg, hasche nach Wind, erzähle Teilsichten aus meinem Leben, rede von dem, was ich sah, erlebte, mir einbildete, von andern hörte, einst reiste ich, Simon der Dichter, kreuz und quer durch Europa, Marseille, Avignon (und vieles mehr in der Provence), Bordeaux, Paris, Bremen, Hölderlins Tübingen, München, Wien, Kafkas Prag, auf eine Alp im Urner Schächental, ins Elsass, um nur ein paar Destinationen zu nennen, seit etwa zwanzig Jahren bevorzuge ich, Simon der Dichter, die Reisen im Drehfauteuil, mit einem Buch, in einem Buch, ohne zu schwitzen oder mit Touristen in einer Warteschlange zu stehen, schlendere ich durch die Alhambra, besteige den Fudschijama, gondle den Mekong hinunter, streife durch Mexico City oder durch die mythische Stadt Santa Maria von Juan Carlos Onetti, Uruguays literarischem grand old man, erlebe Lissabon von José Saramago oder Pascal Mercier, ich reise im Geiste in ein Bauerndorf in der Ukraine oder besteige einen Zikkurat in Babylon, überhaupt ist es herrlich, im Drehfauteuil zu sitzen, eine Pfeife zu rauchen, einen neckischen Rotwein zu trinken, die Füsse hochgelagert, die Kerze brennt vergnügt, durch versunkene Reiche der Hethiter, des Minoischen Kreta, von Assur, durch Kulturdenkmäler des mykenischen Lebens zu zotteln, von der Hochkultur der Mayas zu träumen, auf unterirdischen Flüssen zu fahren, durch Ruinen im aztekischen Palenque zu schlendern, den Fassadenschmuck mit den Masken des Regengotts am nördlichen Gebäude des Nonnenklosters in Uxmal zu bewundern, im Drehfauteuil wird längst Vergangenes Gegenwart, wie herrlich ist es doch, ohne Touristen mit ihren Plumpbäuchen in kurzen Hosen und den ewigen Kameras Sorbas' Griechenland zu erleben, es ist ein Fest, die ganze Welt, wie sie war und zurzeit ist, an sich vorbeiziehen zu lassen, ohne einen Schritt machen zu müssen, es gibt auch Reisen in den Träumen, die alle so wunderbar oder verteufelt gefährlich sind – und Reisen ins eigene Unterbewusstsein, sofern man einen Schlüssel gefunden hat, um dies zu bewerkstelligen, da gibt es auch Archetypen, auf die zu stossen ein Erlebnis unvergleichlicher Art ist, heute reise ich, Simon, mit Nikos

Kazantzakis in den „Felsengarten", ich habe mir soeben eine neue Pfeife angezündet, das Weinglas gefüllt, schwenkte im Drehfauteuil ein paar Zentimeter nach links und nach rechts, und los geht die Weltreise nach Japan und China, dazu höre ich Pjotr Iljitsch Tschaikowskijs Klavierkonzerte,

fremd bist du mir Sprache Alttagssprache Feuersprache rote kalte Sonnen erfrieren verhüllt und taumelnd fiebrig das ist wahr das Meer das hoffnungsvoll farbveralgte tanzt mit dem Tod bauchnabelanbauchnabelnackt unumstösslich lustvoll gibst du Antwort Sprache? liebst du mich? leugnest du mich? du schweigst? die Wunde glüht Flammen leibgefesselt verfinstern die Stirn in deinen Augen erkennt sich der Dämon die Lust zu sein komm Sprache wir töten uns um uns endlich im Fremden nah zu träumen täuschungslos

du bist nihilistisch schön ich bete dich an Gott als Fülle des Seins des Nichts Schlammfisch in den verkrauteten Gewässern der Nacht Urlust drängt ins Wort in die Welt der Idee ursachlos du bist züngelst mit deinem Körper Lust Primat des Erkennens ich lache du lachst wir lachen wir tasten uns zueinander das Pfeilhechtgebiss lobt Gott und ich psalmodiere deine Erregung vergib mir du befriedigen wir uns zwischenhinein Windblütler Zittergras tun wir nicht so als ob Leben irrtumslos Leben hiesse – fiebern wir uns gegenseitig aus

Wirklichkeit ist nicht von der Täuschung zu trennen

Philosophen sind Menschen die bei Sonnenschein einen Regenschirm aufspannen

man macht sich allzu viel Sorgen über Unnützes, Vergängliches – über die Winde in eines Lebens Auf und Ab, potztausend, warum etwas wichtig nehmen, wenn man weiss, auch das Wichtige dauert nur einen Augenblick, Uneinigkeit, Streit, Zwist, ich nehme mir nicht mehr die Mühe, das ernst zu nehmen, ich, Simon der Dichter, atme ein paar Mal ein und aus und siehe da, all das Bittere ist verflogen und die Süsse hält Einzug, sich Sorgen zu machen über unbezahlte Rechnungen, über abgesagte Begegnungen verweise ich vergnügt ins Trübe, Schwammige, das einen Augenblick später wieder hell und ziseliert, jung strukturiert vor mir liegt, über mürrische, verdriessliche, missgelaunte Miesepeter (o diese Knurrhähne!) muss ich lachen, das Miese ist mir widerwillig – ausser der blau-schwarz beschalten Miesmuschel, die ein Schmaus ist, das Gewoge der Zeitalter und Kulturen, die zyklisch Auf- und Niedergänge kennen, die alle höchstens ein paar Jahrhunderte dauern, sind auch nur ein paar Augenblicke der Geschichte, so wie die Reiche Aufstieg, Reife und Zerfall kennen, besteht das individuelle Leben aus Werden und Vergehen, die Jahreszeiten der persönlichen Existenz sind wunderbar, es ist da ein Blühen, Gesumse, Sichausleben, Sichzurückziehen, wesentlich ist nur das Vergängliche, der Wandel, das Flüchtige, für ein paar Augenblicke im Leben sich der Liebe, der Musik, der Dichtung, der Malerei überlassen, ohne jeden Hintergedanken, einfach so, es sind schwelgerische Momente, und in der Wahrnehmung der Welt bauscht sich das Gefühl, sieht man dankbar die Unendlichkeit der Menagerie, der Morphologie, Wichtlinge überlasse ich ohne zu zaudern sich selbst, sie sollen sich aufblähen, bis sie platzen: gut so!, ich freue mich auf den nächsten Augenblick, was wird er mir bringen?, ein paar Worte der Liebe?, das Flackern der Kerze?, das Rondo aus einem Klavierkonzert von Mozart?, den Telefonanruf eines Freundes?, ein E-Mail einer Freundin?, ich bin sehr gespannt, was passieren wird, gewiss ist, der nächste Augenblick wird niemals so sein wie der vergangene Augenblick, sondern ein Fest des Neuen, ich winke dir zu, Augenblick,

Religion ist die Treppe vom Parterre in den ersten Stock – von den darüberliegenden Stockwerken weiss sie nichts

wir freuen uns uns kennen zu lernen uns zu sehen wir sind ungeduldig ich bin bereit Erwartung singt ich denke du bist schön du kommst wir berauschen uns wie ziehen uns aus wir lieben uns Angst gurgelt Schrecken keimt geil ach wiederum Tod lacht wir sind verloren komm auf keinen Fall mich gibt es nicht

schön bist du wir trinken einander schön bist du wie ein Stern wie eine brennende Fingerbeere schön bist du wie ein Zwergdrachenflosser ich liebe dich ich bete dich an der Wolfseisenhut tanzt eng umschlungen mit der Sumpfkratzdistel diese kleine Sonne schreibt einen Liebesbrief an den grossen Kosmos itzt wird sich ich seuffze zwar alleine gantz vergebends gleich der süsze Thau ergiessen zu dir hin in deine offne Muschel aus der hochgereckten Palme heisze Luszt geheissen du bist schön wie die Leere nach der Verzweiflung es gibt abkurrlige, schwerenötige, liebende, hassensvolle, schelsüchtige, brandmarkende, betäubte, lüsterne, freiheitsdurchwirkte Beziehungen aller Arten und Unarten zu Menschen, zu Kunstgegenständen, zu Tieren, zu Pflanzen, zu Meeren und Bergen, das Leben schenkt einem eine schier unendliche Palette an nicht zollbaren Möglichkeiten, fern allen Rachgrimms, ich habe viele fragselige vielschattige Beziehungen zu Menschen und zu Büchern, ich liebe es, Gastwirt zu sein und Freundinnen und Freunde bei mir beschmausen zu lassen, ein Fest anzustimmen mit fröhlichen leichtgewichtigen Alberkeiten, wo ein Wort das andere Wort entrollt bei frühlinglicher Musik, die die Seele ergreift, wenn viele Kerzen flackern und nachtmützige scheele Schatten an die Bücherwände werfen, ich liebe das Geheimnisvolle, denn sie verbothschaften eine Welt, die noch nicht verbösert ist durch waglichen Wirrwarr und zitternadlige Verunruhigungen, sondern einmütig mit leichten kristallinen Wahrnehmungen sich auffächert, wie schön ist doch der Zufall eines Menschen, den man bis anhin kaum beachtet hat, und nun erzählt er von den Wundern seines Daseins, davon, dass er die halbe Welt bereist hat, wie er mit glühenden Augen von der St. Hedwigs-Basilika in Berlin, die dem Pantheon in Rom nachgebildet worden ist, von Chartreuse nordöstlich von Grenoble, von

Alraunen, einem Fetisch aus dem Kongo, einem Geysir im Yellowstone National Park, einem Eulenfalter erzählt, es ist ein Fest, zu einem Menschen, den man bis jetzt gilblich gegentheils unterschätzt hat, eine neue Beziehung zu finden, das Leben wird für die Künftigkeit gevollmächtigt reicher und interessanter, und die Beziehungen zu Kunstgegenständen machen mich langsichtig, als wäre ich ein Meerschäumer, ein Seeräuber, doch nun lache ich vergnügt, ich, Simon, bin lediglich ein Nebenmensch, ein Mit-dir-gern-leben-Wollender, ich mag die unterschiedlichsten Beziehungen – mit dir, zu dir,

dunkler Atem von Mund zu Mund dunkler Schweisz ich zittre ich lache deine nackte Brust tantzt im Blinden Fleck du bist schön komm bleib geh deine Wimpern sind brennende Galaxien belcanteske Luszt fällt ins Toddunkle ewigs singt das Nichts wir trinken Untergang nun muss ich dich kosen deine Nackheyt küszen die Zeyten verflieszen die Flüsse sich ins Meer ergieszen inzwischen fallen Städte unter schwebenden Sternen besilbertem Haar o Niobe als wolten die Musen verletzen als solten im Truncke Todtgeweyhte sich ergetzen tantze tantze kleiner Strudelwurm das Weltall ist deyne schweygende

Zunge herrlich geyle Zunge grünlich verschlammte Wollkrabben komponieren Auferstehungsfugen Gott schenkt dir Weyn ein lache tantze umarme die Zeyt rast ins Dunckle brennende Weyhrauchstäbchen fingern ins Geschlechtliche tigerdämonrot die Thränen vielarmig der Kusz unendlichschenklig das erregte Schweygen wirf dich weg augenlos fiebert Nacht

die Turbulenzen des Lebens sind mir Anlass zu schweigen

ich glaube an deine Luszt ich singe tantze bete an was du bist was du ausziehst was du mir bringst tödtlich schön ist deine Hüffte schalmeiet dein Arsch mit dir kann ich beten grazieler schwacher Gott halt uns in deiner threuen Gluth auf dass wir bleiben umb die Sonnen zu tragen verlass uns nicht in garstger dunckler Mitternacht steh uns bey wenn unglückselge Wangen blassen mach dass ich grimmlos diene auf all deinen Bahnen

ich habe unendlich viel Zeit für meine Inseln, eine Insel heisst Ombos, dorthin begebe ich mich, wenn mir die Realität zu nahe auf die Pelle rückt, Ombos ist eine versunkene altägyptische Stadt, die ich mühelos wieder auferstehen lassen kann, und dann schlendere ich vergnügt auf Avenuen zwischen fantastischen Palazzi, schaue den Wolken nach und den vielfarbenen Vögeln und fühle mich unendlich frei, wenn das miserable, dauernd verdämmerte Wetter mich plagt, höre ich eine Sinfonie von Mozart, auch das ist eine Insel, oder besuche ein Atelier von Marc Chagall und werde froh über seine über die Dächer fliegenden Menschen oder schlurfe durch Notre-Dame de Paris und höre in mir Beethovens Benedictus aus der „Missa Solemnis", auch das sind Inseln, Inseln nehmen von Zeit zu Zeit auch die Form von Oasen an, nach tagelangen Durststrecken erreiche ich plötzlich einen Bereich, in dem alles sich erholen kann, wo Nichtstun eine wunderbare Sache ist, Erinnerungen sind auch Inseln, so nahm ich, Simon der Dichter, letzthin eine Schuhschachtel vom Estrich, in die ich Ursulas Liebesbriefe an mich legte, es sind wohl manche Stunden vergangen, in denen ich in diesen Briefen las und las und mich erinnerte, an meine Liebe zu Ursula, an Ursulas Liebe zu mir, ich war zum ersten Mal auf dieser Insel, doch ich nehme mir vor, sie bald wieder zu besuchen, von Insel zu Insel zu hüpfen, ist etwas Herrliches, Einmaliges, Wundervolles, bei einem Schluck Marc, der zehn Jahre verträumt sinnend in einem

Eichenfass gereift ist, bereitet es mir keine Mühe, durch den El Escorial zu schlendern, über den Genfersee zu fahren, in der Burg Caernarvon in der Grafschaft Nordwestwales herumzukraxeln, einen jungen Hamster zu streicheln, einen Violinschlüssel zu kalligraphieren, mit Sokrates am Flussufer zu promenieren und über ethische Selbstbesinnung und Lebensführung zu diskutieren, in der spätgotischen Benediktinerabtei Solesmes über Glück nachzudenken – all meine vielen Inseln, ich liebe euch,

Schlusschor das ist bei einem Beginn angebracht du bist schön schöner als es wahr ist ich liebe dich deine Jugend deine sanfte straffe Haut ich liebe dich Tod schrumplig zerzaust angekränkelt habe ich dich verletzt Freund Geliebter Geliebte? bis du traurig? morgen sehe ich dich morgen fühle ich dich morgen führe ich dich heim morgen vereinigen wir uns morgen finden wir uns wir werden uns nackt sehen ich bete dich an

tanzendes Faltengebirge Kerbtal vaginal priapeisch Gletschertor Mündungsarm ich singe die Felsterrasse die Perlenschnur deiner Lippen ach pokulieren wir miteinander komm und bleib besser wirds nimmer trinken wir noch eine Flasche Wein weil Tod schlickt im Gegenmund

was unterscheidet einen Traditionalisten von einem faulen Ei? nichts

dass du mich nicht kennst, spielt keine Rolle, dass ich, Simon, dich nicht kenne, spielt auch keine Rolle, denn wenn wir uns kennen würden, verkomplizierte sich alles, ich wäre gehemmt, dir offen zu schreiben, denn ich würde mich fragen, ob du mir glauben willst oder ob du meine Zeilen als Hirngespinste abtun würdest, deshalb, so finde ich, ist es richtig, dass ich dir unbekannt bleibe und dass du mir unbekannt bleibst, so wird die Sache einfacher, und ich kann das schreiben, wonach mich gelüstet, und, du, es ist vieles, wonach mich zu schreiben gelüstet, somit habe ich bereits ein Bekenntnis abgelegt, mit dem du, ich ahne es, auch wenn du mich kenntest, nicht viel anzufangen wüsstest, und ich müsste, würde ich dich kennen, zu differenzieren genötigt sein, um anzutönen, worüber ich dir berichten wollte, und da begänne ich mit der Warnung, dass es für dich bestimmt besser wäre, du würdest mich nicht so genau kennen, wie du mich zu kennen glaubst, doch da das ja nicht der Fall ist, kann ich ungeniert sagen, dass ich dich mag, nicht so, als wärst du ein Phantom, denn ich stelle mir lebendig vor, du seist Malerin und stellst die Welt nicht dümmlich fotografisch so dar, wie sie beim oberflächlichen Betrachten sich darstellt, sondern du würdest die Wirklichkeit nach deiner ganz und gar unüblichen Sicht malen, mit Farben komponieren, mit Schattierungen und gleichsam mit Melodiebögen, wie ich sie noch niemals geschaut und gehört habe, Vögel flögen in den Horizont, Fliegende Fische tanzten in Palmen, ich wollte dich kennen lernen, doch das hiesse auch, du würdest mich kennen lernen, und vor dem schrecke ich zurück, denn ich liebe es, unerkannt zu bleiben, ich möchte es derart bewenden lassen, dass ich mir vorstelle, wie du sein könntest, vielleicht würdest du auch als Pianistin Mozart und Beethoven interpretieren auf eine neue Art, der den Atem stocken liesse, oder als Schauspielerin hinreissend eine Rolle von August Strindberg verkörpern, es gäbe noch viele andere Möglichkeiten, die ich mir imaginiere, ich würde dir von meiner Art berichten, doch lassen wir das sein, es ist doch so schön, eine Freundin zu haben, die mich nicht kennt, die ich nicht kenne, du trinkst Verzweiflung tanzt nackt schlank und langbeinig so brennt die Sonne das Wolkenschiff aus ein Gesicht geheimnisdunkel vollkronig läutet Tod ein die sumpfige Küste atmet zum letzten Mal todschlickig Knabenkraut totenfingert zu dir Gottes Zigeuner nützen den vorderasiatischen Stechapfel zu Giftmorden der filigran lachsfarbne Klangstrauss jubelt die Sinfonie des Eukalyptus ach du bist lungenkrautblau schön die kleine Flamme lodert bis zum Weltall auf

wer auf ein Zentrum hineilt liegt immer daneben

Angst krebst nirgendwo Hoffnung die Brust diese Hyäne schreit wer will schon sehn was geschieht nix ist alles die Kleine Nachtmusik jaja küssen wir uns Mund und Ohrläppchen warten wir nicht zu sind wir heute ruhmvoll tot leben wir morgen unerbarmungslos trink nachtdunkle Qualen brennende Quallen so begegnen wir uns nein ich glaube an nichts

es war wiederum ganz anders, als ich, dachte, alles verlief in eine andere Richtung, Maja, dir ist es wiederum geglückt, mich, Simon, zu verwirren, denn als ich vor

Monaten den Steinway kaufte und du wie erbost nächtelang Bachs Fugen spieltest, brachtest du meine Nerven durcheinander, denn ich war kein Liebhaber von Bach, ich bevorzugte Mozart, Hummel, Quantz, und dann kamst du eines Abends lachend nach Hause, fuchteltest mit einem Papier vor meiner Nase rum und sagtest, lies, es war die Bescheinigung, dass du das Konzertdiplom bestanden hättest, ich nahm Maja in die Arme und tanzte mit ihr durch die Küche, wir jubelten beide, trällerten, trillerten, sangen, weinten, lachten, ein Fest!, vor einigen Monaten noch wolltest du dich vom Klavierspielen zurückziehen und nur noch malen, bis ich hinter deinem Rücken, einen Kredit aufnehmend, einen Steinway kaufte und in die Stube liefern liess, was dich wieder zu deinem Spielfuror führte und mich fast zu einem Nervenzusammenbruch, du mit deinem ewigen Bach; aus einem aristokratischen Haus in Basel bekamst du die Anfrage, ob du einen Klavierabend bei ihnen bestreiten wolltest, das Angebot war mehr als fürstlich honoriert, du freutest dich, bekamst aber auch etwas Angst, du sagtest mir, übernimm du die Organisation, die Vermittlung, ich ernenne dich zu meinem Konzertagenten, ich sagte schmunzelnd zu, tags darauf telefonierte ich dieser aristokratischen Kunstliebhaberklientel, schraubte das Honorar in die Höhe und sagte,

Maja sei gerne bereit, Bach, Schumann und Schostakowitsch zu spielen, doch sie verlangt, dass im Konzertraum Bilder von ihr aufgehängt werden müssten, da sie auch Malerin sei, nach einem kurzen stockenden Räuspern wurde zugesagt und als ich Maja mitteilte, wie mein Telefon verlaufen sei, lachte sie kurz auf, meinte aber, du spinnst, ich liess mich von Majas Mücken nicht beeinflussen, sammelte fünfzig Bilder von ihr und liess sie zu den aristokratischen Kunstgenüsslern verfrachten, Majas Malstil war seltsam: Märchenhaftes war in Konfrontation mit Unliebsamem, die Spannungen waren enorm, die Irritationen für den Betrachter auch, ich verlangte, dass innert zweier Tage alle Bilder aufgehängt werden müssten und ich dann zur Gutheissung vorbeikäme; als ich vorbeischaute zur Kontrolle, war ich verblüfft, wie alle Bilder in bester Art aufgehängt worden waren, im besten Licht, die Konzertbestuhlung für etwa hundert Leute war famos, ein Steinway stand auf der Bühne, der Konzertabend verlief grossartig, das Publikum verlangte mehrere Zugaben und, es war überraschend, über vierzig Bilder wurden verkauft, wir waren nach diesem Abend recht schön reich, das führende Lokalblatt titelte: „Sternstunde der Töne und der Farben" – nach diesem Erfolg schlich sich in meine Beziehung zu Maja eine Lähmung ein, wir trennten uns, Maja feierte in vielen Hauptstädten der Welt Triumphe und litt mehr und mehr an einer Einsamkeit, sie begann zu trinken, schmuddelte mehr als zu malen, traf die Töne auf dem Klavier des Öftern nicht mehr, als wir uns dreissig Jahre später per Zufall in einer Vorstadtgalerie trafen, in der sie ausstellte (sie hatte an der Vernissage vier Besucher) nahm ich ihre Hand und fragte sie, ob sie mich heiraten wolle,

lesbisch schwul wie wäre Gott anders? Licht schläft der Dunkelheit bei herrlich ist die mystisch berauschte Stunde des Wolfs die Bettschabe wandert trunken über die Klitoris der Phallus singt süsse Psalmen nichts zählt ausser deinem schweissigen Körper wir feiern die Lust der Liebe

Ballast abzuwerfen bereichert wunderbar

auch Weisheit ist nur eine Vorstufe des Zerfalls

Châteauneuf-du-Pape im Glas vor mir nachts aah der ist gut der schmiegt sich der Seele an wie ein Käuzchen der Nacht der entlockt mir farbenreiches Schweigen tanzt in meinen Knochen ich streichle deinen weintraubenrunden kleinen Arsch lade ein ins feuchte Moos der Lust lass uns kreativ sein räuberischer Seesterngott in Sand und Schlick wuchert anbetungswürdig Geilheit deine Brustwarzen sind zwei gleissende Rotweinsonnen ich trinke sie Angstnachtbrand ich bade im Speichel des Namenlosen

Bewusstseinsebenen transformieren die Leere

Wahrnehmungen: Gaukelspiele

Warm und leicht
ist deine Hand
wie ein Vogelzug

meine Zunge
schlangenaalt sich
über deinen nackten Körper

du lachst
und nimmst mich
auf deine Flügel
und fliegst mit mir fort

die Fingerkuppen wandern über deinen Körper wir atmen uns aus und ein sind wahnsinnig geworden von Lust

auberginefarbene Dämmerung in deinen Augen du kommst von weit her ich umarme dich

ich bin jedes Jahr mehrfach neu verliebt wie die Weinreben

Natur, Berge, Seen, Ebenen, Wälder, Wiesen, Flüsse, Elisa fand das langweilig, sie bevorzugte Städte, besonders Grossstädte, Elisa liebte es, durch verschachtelte Altstadtgässchen zu gehen, die von der Zeit schiefwinklig, schorfig gewordenen Fassaden, die braungrau bröckelnden Häuserzeilen mit ihren Zahnlücken zu betrachten, einzelne verrenkte Häuser lagen wie riesige Pelikankadaver verloren in der Dämmerung, in der Dämmerung mit ihren Absinth- und schwärigen Pestilenzgerüchen, getränkt von Moder und nicht heilbaren Wunden, erfüllt von fliehenden Ratten, feissen Katzen und streunenden räudigen Hunden, mit zunehmender Dunkelheit erstand eine festlich-dekadente Grossartigkeit mit schlafwandlerischen Figuren und

Konturen, die morosen Geräusche erstarben, Nacht legte sich mit fettigen Strähnen über die Stadt, Elisa betrat ihr Hotel, das im Eingangsbereich nach Erbrochenem, nach Schweiss und nach Pisse roch, sie lachte und schloss ihr besenkleines Zimmer auf, legte sich auf die schmuddeligen Leintücher und schlief sofort wie im Paradies selig ein, morgens wurde sie vom Gehupe der Lieferwagen, vom Fluchen der Kanalarbeiter, vom vergnügten Röhren, Gurgeln und Rauschen der Wasserleitungen geweckt, nach einem starken schwarzen Kaffee, Croissants, Butter und Marmelade im fensterlosen Frühstücksraum zog es sie sofort wieder in die Stadt, sie verliess die Altstadt und kam in den mondäneren Teil der Stadt mit ihren chromblinkenden Bistros, den reichen Schaufenstern, den Geldpalästen, den protzigen, prunkenden Versicherungsgebäuden, zu den grossen Einkaufsläden, sie seufzte und sagte sich, das gefällt mir nicht und kehrte wieder in die Altstadt zurück mit ihren kleinen Bäckereien, Metzgereien, Gemüse-, Trödler- und Buchläden, ihren aus allen Winkeln gefallenen Cafés mit den wackligen Tischchen, in einem verwahrlosten Park hinter einer halb zerfallenen Kapelle setzte sie sich auf ein von Taubendreck bekleckertes Bänklein, so sauste sie durchs Weltall, dunkelhohl gruftet Feuchtfäulnis in der Mundhöhle Tod wir lauern uns auf verführungswärts lustbesessen ein Knochenzüngler im schwarzen Blut menschenfern die brennende Vision wovon bin ich geflohen? findest du mich noch im Innersten des Universums? ich spreche zornig und ohne Eile hinaus ins offne Auge Entsetzen in den verbrannten Augen Wahn orgelt über die Haut in deiner Angst nach dem Kampf müdgetreten krätzbefallen Ichduliebe hirngespinstig das alles Todschlick Rotz allerorten in der Brust grausame Leere nichts als kotzgallige Leere

Gerechtigkeit ist Tyrannei, Barmherzigkeit Menschlichkeit

Geschichte zu lesen, ist spannender, als Kriminalromane zu lesen, es geschieht unvergleichbar mehr; da werden Kaiser und Könige meuchelmörderisch hingerichtet, es wimmelt von Kriegen, die Hunderttausenden von Menschen das Leben kosten, da werden Raubzüge unternommen, Intrigen gesponnen, Verträge taugen nur bis zum nächsten Mord etwas, letzthin las ich eine monumentale Biografie über Kardinal Richelieu, mon Dieu, es ist eine Varieté an Falschheiten, Bosheiten und

Kriegszügen, oder nehmen wir die Reiche der Römer, Goten, Spartaner, Hellenen, Christen, Byzantiner, Germanen, Eidgenossen, es strotzt nur so von Enthauptungen, Völkerwanderungen, Barbarentum, Erdolchungen, unzählbaren Kriegszügen, der Kriminalroman kennt eine Leiche, um die herum akribisch recherchiert wird oder Luftgespinste ersonnen werden, tausendjährige Reiche fallen in der Geschichte wie Kartenhäuser in sich zusammen, Herrscherdynastien vergammeln, Macht wird Ohnmacht, aus der Geschichte wird nichts gelernt, so wie ein Neffe auch nicht aus den Fehlern seines Grossvaters etwas lernt, alles beginnt wieder auf dem Nullpunkt und taumelt ins Verderben, es gibt keinen Fortschritt, sondern nur das Wursteln von Fall zu Fall, die Geschichte ist die Projektion des Einzelnen aufs Ganze, mit gesammeltem Nichtwissen, um es paradoxal zu sagen, watet der Einzelne durch die Gegenwart, so wie in der Geschichte die Völker es taten, die Geschichte ist nicht umkehrbar, was geschah, das ist geschehen, und aus dem, was geschehen ist, lernen die Völker nichts, und es sieht auch nicht so aus, ob der Einzelne aus seiner Vergangenheit zu lernen befähigt ist, der Sohn wiederholt die Fehler des Vaters, die Tochter wiederholt die Fehler der Mutter, nur die Technologie kennt atemberaubenden Fortschritt – und hinterlässt den Menschen leer wie zuvor, Vergangenheit ist zu Staub geworden, Zukunft gibt es keine (sie hiesse Illusion oder könnte höchstens ein Potemkinsches Dorf sein), es gibt nur die Gegenwart voller Geschichten, es zählt, wie ich mich gerade jetzt entscheide,

alle Blattkiemer loben Gott wir Tiefseefüsser tanzen mit Buddha ein alter freier Mönch isst mit Jesus einen gebratnen Fisch die rote Heckenkirsche komponiert ein Kyrie eleison ich lache mit dir Sternbild Wasserschlange du bist herrlich undeutbar man sagt mir des Teufels Tür sei offen gut so schlecht so ein schwarzes Meer träumt unsterblich deine Lippen

mit Zugvögeln über die Meere fliegen

mit Wilhelm Tell Apfelsaft trinken

lachen wenn andern das Lachen vergangen ist

als lahm und alt gewordener Esel Seilspringen

wenn eine Zahlungsmahnung kommt einen Purzelbaum schlagen

wenn andere schlafen gehen zur Venus fliegen

wenn mich jemand zu einer wichtigen Sache befragt einfach papperlapapp sagen

beim Philosophieren das Weinglas füllen

mit einer afrikanischen Korallenschlange einen Dattelbaum hochklettern

während einer Mozart-Messe das Testament schreiben

als Turmfalke auf einer Glocke hocken

mit einer kretischen Gesichtsvase aus Phaistos einer alten Tante Angst einjagen

das Kap der guten Hoffnung beweihräuchern

den Regensburger Dom kubistisch verfremden

mit einer Schneeeule umherhüpfen

in der Istanbuler Hagia Sophia eine Belcantooper hören

mit dem Ritter der traurigen Gestalt Windmühlen bekämpfen

die himmeltraurigen Betonagglomerationen mit Regenbogenfarben besprayen

mit Karl dem Kühnen Angst haben

über Honoratioren und Würdenträger lachen

Missratenes als Formvollendetes bewundern

mit Bücherweltbestsellern ein Feuer anzünden

mit einem riesigen Seemannskoffer einkaufen gehen

mitten in der Wüste eine Wassermühle bauen

wenn jemand behauptet, etwas sei rund, das Gegenteil behaupten, es sei eckig

mit Nilhechten durch die Lüfte fliegen

vergnügt das Weltall in den Hosensack stopfen

die Pfeife an der Sonne anzünden

als Einzeller eine Sinfonie komponieren

die Geschichte als Spucknapf von Grössenwahnsinnigen betrachten

Versteinertes in Luft auflösen

Intolerantes hinter den Mond schiessen

wenns mal echt traurig ist zu tanzen

das Vergängliche als das Unvergängliche im Augenblick geniessen

Grosses klein und Kleines gross zu sehen

Avantgardistisches gegenüber den Traditionen bevorzugen

Widersprüche als Harmonien feiern

nichts zwingt dich dich vor andern kleinzumachen so zu tun als wüsstest du es nicht so zu tun als wärst du im Fehler mit einem Intelligenzquotienten hundertdreissig führst du dich auf als wärst du ein Trottel ein unbelehrbarer Idiot machst du zum Anschein alles falsch deine Hemmungen sind unangebracht du spielst den Dummen den ewigs Hilflosen derweil ach warum verkleinerst du dich? warum sagst du ich weiss es nicht obwohl du es genau und sogar besser und deutlicher weisst als derjenige der dich fragt du dividierst dich selbst du schreist Angst lebst Dunkelheit du subtrahierst selbstgeblendet deine immensen Fähigkeiten deine Zunge tanzt Rausch dennoch die tausend Risse spiegeln Ähnlichkeiten deines Gesichts

in den Knochen die Angst schlundschreiende Angst stumm die Teufelsrochenangst gewiss ungewiss ich finde dich nicht Rotflossendrachenwels Angstcrescendo hinfällig die Lust zerfallen das Gesicht angsthindunkel alles lauert mir auf unfähig zur Flucht unmöglich Denkend-Rettendes falle ich stückweise ins Bodenlose in die schwarzschwarze Nacht

ich Simon kann virtuos anders sein als ich bin

Selbstbeherrschung ist nur eine bestimmte Form der Selbstverlorenheit

was für eine Schelmiade zu leben!, zu leben und zu denken und zu fühlen, was mir passt, was ich zu handeln gedenke, Menschen zu begegnen, Menschen mit polentafarbenem oder schlohweissem Haar, Leichtsinn und Fahrlässigkeiten anzuerkennen oder abzulehnen, Mottenschildläusen nachzujagen, nesselfrieslige Briefe zu schreiben, wichtige Briefe, die mir geschickt werden, in den Papierkorb zu werfen, die Hammondorgel zu spielen, in medias res zu gehen (mitten in die Dinge hinein), wenn mir etwas nicht passt, was für eine Lust, in Freiheit zu leben, einkeimblättrige Blütenpflanzen zu züchten, virtuos formativ ein Bild zu malen, an einer Beerdigung zu lachen, Artigkeiten zu mauscheln, Butterbirnen zu schmausen, die Pflichten können einen Menschen unterhöhlen, doch lachen wir und watscheln ruhig weiter, so schlimm kann nichts sein, dass einem das Leben in Freiheit nicht mehr zulacht, wie liebe ich quirlständige, gefiederte Begegnungen, wo alles unklar ist, wo Ackerstiefmütterchen weisslichgelb und hellviolett winken, Chinesische Rotbauchunken mit ihren Schallblasen flöten, zu leben ist ein Fest, besonders wenn man alle Fremdbestimmungen über Bord geworfen hat, für Kontoauszüge nur noch Verachtung übrig hat, wenn man Rechnungen zum Anzünden der Pfeife benützt, mit einem Heilsarmeemitglied eine Flasche Rotwein trinkt, die Welt ist nicht so todlangweilig, wie es oft scheint, man muss nur die Radionachrichten abschalten (einen Fernseher habe ich sowieso nicht) und einen Roman aufschlagen, eine Biografie über einen Surrealisten lesen, eine Oper semiseria, ein Dramma per musica, von Gioacchino Rossini hören, in die Wolken blasen, wo ohne Zunehmen und Abnehmen menschlicher Geist verwirklicht wird, die Freiheit findet sich dort, ein schallend lautes Lachen ist wohl eines Meisters wert, es gibt, wenns wichtig wird, keine Hoffnung, keine Furcht, die Freiheit zu leben endet nicht mit dem Tod, denn es gibt keinen Tod, es gibt nur Verwandlungen, unbegrenztes Leben, das ist die grosse Freiheit, zu leben im herbstlichen Blätterniedergang, im Haschen nach Wind, im Singen der Bäume, in den Wellen des Meers, in einer existenziellen Begegnung mit sich selbst,

zwei Köpfe sieben Arme einundzwanzig Beine siebenundsiebzig Brustspitzen siebenhundert Phallen siebentausend Mösen siebzigtausend Ärsche siebenhunderttausendundsieben Bauchnabel dazu siebenhundertsiebenundsiebzigtausend Münder siebenmillionen Lippen und erst noch deine Zunge gib mir ein paar Leben um von dir zu singen

die Wirklichkeit ist ein Traumgespinst

ein schwebend melodiöses Cellokonzert von Luigi Boccherini, von Wohlklang zu Wohlklang huschend wie eine Smaragdeidechse, die Haut sich nach Schönheit sehnend einölend, kristallin wie Quarz, Zeitlosigkeit auffächernd, klingt und singt in meinem grossen Studierzimmer, das mit Tausenden von Büchern bewehrt ist, vor meinen Bücherregalen und Bücherstössen auf und ab spazierend, blättere ich vergnügt in Robert Walsers „Poetenleben", in Jens Peter Jacobsens Künstlerroman „Niels Lyhne", nippe lesend etwas in den Tagebüchern „Das Handwerk des Lebens" von Cesare Pavese, entscheide mich, Clemens Brentanos umfangreichen verwilderten Roman „Godwi" aus der Romantik nochmals zu lesen: „Hu! es ist hier gar nicht heimisch, ein jeder Federstrich hallt wieder, wenn der Sturm eine Pause macht", was mich im Nu atemlos macht, was wird da wieder alles passieren!, zwischendurch stopfe ich mir eine Pfeife mit vanillesüssem Tabak, schenke mir einen robusten Chianti ein, setze mich in den Drehfauteuil, was gibt es Schöneres als die Einsamkeit, verbunden mit der ganzen Welt, da läutete es an meiner Tür, ich ging unwillig öffnen, und da stand, ich war völlig perplex – Wolfgang Amadeus Mozart, ich nuschelte nervös, „du?", und sah ihn einfach an, da sagte er, „ich habe eine CD mitgebracht, wollen wir sie hören", ich nickte, „es ist ein Klavierkonzert von mir, das vierundzwanzigste in C minor"; beim dritten Satz, einem „Allegretto", als ich ihm gerade ein Weinglas einschenkte, schaute er mich an und begann zu lachen, zu lachen, und er sagte: „Gell, das gefällt dir", und ich begann zu lachen, zu lachen, und wir beide lachten wie zwei aus dem Rahmen gefallene Clowns, und da sagte er, „weisst du, deine Liebesgedichte ‚Auf deinen Fingerbeeren tanzt das Weltall' berühren mich, wühlen mich auf, schreib mir doch ein Libretto", da sah ich ihn an und lachte wie verrückt und sagte, „lass es gut sein" – und wir lachten, morgens früh verliess mich Mozart, und ich dachte mir, eine Nacht zuhause ist doch etwas vom Schönsten, Interessantesten, Erlebnisreichsten,

Deine schlanke Hand
flattert leicht wie ein Schmetterling
über meinen Körper

wir tanzen in den Falten
der Nacht

es gibt Zeiten, da werde ich, Simon, von den Erinnerungen wie überflutet, ich denke zum Beispiel an den Sommer, wo ich durch die Gässchen von Montpellier streifte, ganz von Liebe aufgerauscht, der Mistral zerzauste mich und ich mich in eine Spelunke flüchtete, ein paar Pernods kippte, im verrauchten Raum Jean Giono las, spät nachts mein Hotelzimmer suchte und lange nicht fand, es war ein wunderbarer Zustand, den ich existenziell genoss, oder als ich, Simon, hoch über Sète am Grab von Paul Valéry sass, seinen „Monsieur Teste" in der Hand, dessen erster Satz so lautet: „Dummheit ist nicht meine Stärke", ich, Simon, bin kein grosser Reisender, ich brachte es nicht über die Grenzen Europas hinaus, dafür fühlte ich mich wohl in Prag auf den Spuren von Franz Kafka, in Paris bei Auguste Rodin und Honoré de Balzac, Dichter bedeuteten und bedeuten mir unsagbar viel, doch es war auch schön in Bern und Biel, als ich

Robert Walser las, der Genius loci entflammte mich gerade dort, wo ich war, Naturstaffagen waren für mich, Simon, wenig interessant, wenn nicht ein Künstler sie bewohnt hatte, ich liebte auch die weiten Gedankenlandschaften von Sokrates' Gesprächen mit seinen Schülern, liebte und liebe bis heute die belcantesken dramatischen Klangwelten von Gaetano Donizetti, die mystischen Farb- und Formlandschaften von Paul Klees vergeistigten Weltwahrnehmungen mit den verwesentlichten Menschengesichtern, und was für ein Fundus sind Klees Tagebuch und die Briefe Vincent van Goghs an seinen Bruder Theo, mein Herz pocht heute noch sehr stark, wenn mich die Erinnerungen dieser „Landschaften", dieser Bücher überfallen – die Gegenwart schafft neue Erinnerungen, die Gegenwart ist mir, Simon, alles, wie geniesse ich es, wenn die Frühlingssonne meine Hände wärmt, wenn ich einen langen Brief meiner Freundin oder meines Freundes lesen kann, wenn sich der grosse See vor meinen Fenstern in Träumen wiegt, wenn ich, Simon, ein Kurzgedicht zuwege gebracht habe: „Halsanhals / im freien Fall // wir murmeln / Verrücktes // halten uns / an der Hand" – Erinnerungen sind prägende Elemente der Gegenwart, so dachte Simon,

Akkorde tanzen Quarten und Quinten und was noch? lispeln klatschmohnscharlachrote Lust küsst rauchhaarige Weidenröschenarme wir streicheln uns streicheln unsre nackten Körper bei einem Oratorium von Händel wir lieben uns anstandslos ekstatisch ich küsse deine sinfonischen Brustwarzen noch ist dunkle Nacht bald dämmert rauer Morgen doch zuvor saugen wir uns aus peitschen wir uns krallt sich Verzweiflung in dein Fleisch

sehnsuchtsflockiges Grau entblättert und dürr die Äste im Weissdorn perlen hellrote Beeren ein Vogelfest wie ein unterseeisches Gewächs prangt der Wald Lichtsinfonie des Blätterfalls fern in dir singt ein Cello sein dunkles Lied alles ist im andern sich selbst eins geworden in der Harmonie Nachtblumen rollen sich ein das Veilchen duftet verträumt in der Buschhecke in unsern Augen lichten sich zum ersten Mal die Nebel und wir finden uns

Gemeinsamkeiten sind Täuschung

Liebe ruiniert das Leben

vielleicht finde ich mein Ebenbild im Gesicht des Winds

du tanzt in mir

in der Welt begegnet man vielen Wirklichkeiten, es gibt die Wirklichkeiten des Historischen, die Wirklichkeiten der Gegenwart, die Wirklichkeiten des Traums, ich lese zurzeit über die Wirklichkeiten der russischen Geschichte, dreihundert Jahre der Familiengeschichte der Romanows, 1613 bis 1917, mit ihrem Glanz und Niedergang, mit Unerfreulichem, Unmoralischem, Wahnwitzigem, Liebe und Hass und Mord, tiefer Frömmigkeit und abgründiger Sünde, Rebellion und Dulden, massloser Tatkraft und ebensolcher Trägheit und Gleichgültigkeit, es ist atemberaubend, diese Dynastie kennen zu lernen, was für ein Wahnsinn, was für ein Prunk, was für ein Rätsel zwischen Gut und Böse, Macht und zuletzt Ohnmacht, doch noch mehr bewegt mich „Tausendundeine Nacht", die Sammlung fantasievoller orientalischer Liebes-, Abenteuer-, Gauner und Schelmengeschichten: ein Lesefest!, "er hatte Nasenlöcher wie Trompeten und Ohren wie Bäume", lese ich über den Geist, der aus der Flasche entkommen ist, und das haut mich vor Begeisterung schlichtwegs um, Mamma mia, das ist Dichtung!, Sultan Scheherban hat einen furchtbaren Schwur getan: Jede Nacht will er ein anderes

Mädchen seines Landes besitzen, und am Morgen darauf soll es hingerichtet werden, so will er sich für die Untreue der Frauen rächen, denn er glaubt, es gebe auf der Erde kein einziges tugendhaftes Weib, erst die Schönheit, die Liebe und die Kunst des Geschichtenerzählens der klugen Scheherazade bezaubern ihn und heilen ihn von seiner Wahnidee, Scheherazades Geschichten sind Weltliteratur geworden über die Jahrhunderte hinweg; zu denken, dass es nicht nur die kleinen Wirklichkeiten des ABC und des Einmaleins, sondern auch unendlich viele Wirklichkeiten mit unbekannten Grössen gibt, befreit und schafft Weite, es ist herrlich, viele neue unbekannte Wirklichkeiten kennen zu lernen, die Wirklichkeiten der Belcantoopern, der expressionistischen Malerei, der Tintenfische, der Philosophien, des künstlerischen Irrationalismus, der Ausgaben letzter Hand, der rhetorischen Fragen, der Rokokoromanzen (à la Jean Baptiste Louvet de Couvray, „Die Liebesabenteuer des Chevaliers Faublas"), ich heisse die vielen Wirklichkeiten willkommen,

Wind streicht über deine Lippen du bist ein Ozean brennende Algen dein Haar wir strömen ineinander liebeslustumkernt jetzt hast du es alle Türen brennen in deinen Augen ist alles gesund wie nett schaut er mich an trinken wir jede Nacht Champagner kennst du das Imperfektum es war einmal es ist leichter einen Entschluss zu fassen als keinen Niedrigpreise findest du im Ausverkauf geh über die Grenze die Gesteinsbildungen sind nie abgeschlossen ach hör endlich auf Hauptsätze zu wälzen in leichten Nebensätzen hockt die lebenspendende Angst Kernspaltungen allerorten brennende Ratten jaja es ist fünf Minuten nach Mitternacht

ich muoss lauffen zu DIR zu DIR kein Glück kombt ausser aus DEINEM Schooss ich muoss DICH lieben mit gantzem Hertzen ich will DIR geben vile Sachen umb DICH solcherley seelig zu machen ich muoss zu DEINEN sannften rundterhabnen Brüsten lauffen wo ich mich erlabend an den fruchtgen Wartzen will besauffen ich muoss lauffen zu DIR diss macht bluotgen Kummer doch jetzo muoss ich verschnauffen

wenn ich an Tod denke sage ich papperlapapp und beginne zu tanzen das Leben sagt unerschütterlich Ja zum Leben

die Erscheinungswelt ist Nichtigkeit nackte Leidenschaft

Sprachsoziologie zu betreiben ist hochinteressant, wenn man dem Volk aufs Maul schaut, kommen sehr bildreiche, oftmal deftige bis ordinäre, nicht immer piekfeine Redewendungen, Spruchblähungen zutage, fern jeder Logik, manchmal sind sie auch nicht stubenrein, besonders das bäurische Volk in den Voralpen, Alpen und hintern Krachern bedient sich manchmal einer kraftstrotzenden Ausdruckweise, die den Städtern allgemein, insbesondere aber den Damen die Schamesröte ins Gesicht treibt, da kann man gar nicht zu schnell zittern, wie man friert ..., oftmal ist es starker Tobak, „Weisheiten" werden verkürzt in einen träfen Bildausschnitt gepackt, niemand fühlt sich so blöd, einen Eimer Wasser umzustossen, das Wort wird nicht auf die Goldwaage gelegt, saftstrotzende Bildwucherungen wollen überzeugen, ein für alle Mal, man ruft in den Wald, und es kommt ganz anders heraus, verknorkst, verspintisiert, keinen Einwand duldend, das macht das Kraut nicht fett, wenn man einen hinter die Binde stösst, man muss jemanden auf den Trichter bringen, bevor man die Sau durchs Dorf jagt, denn bald kracht es im Gebälk, denn auch du, Hurensohn, bist der letzte Heuler mit dem heissen Braten beim Brunnen im Stoppelfeld, und bevor man die Löffel spitzt und zeigt, wo der Zimmermann das Loch gelassen hat, nachtragend wie ein Wasserbüffel, wenn der Krug zerbricht, weil er das Tageslicht scheut, weil dem Ochsen, der da drischt, kein Zuckerhut versalzen werden kann, o du verbeulte Giesskanne, behüt dich Gott, der Not gehorchend, denn ohne Meier gibts keine Feier, das Volk redet aus tausend Mündern wie eine einzige, verlassene Strandhaubitze, es weiss, dass es auch Schmalzbrote für eine Baugenehmigung braucht, Narrenhände beschmieren Tisch und Wände, auch wenn alles wieder zu Staub wird, meine Name ist Hase, sagt die Bratkartoffel, erfroren sind schon viele, erstunken noch keiner, die Axt im Haus erspart den Scheidungsrichter, wenns dem Esel zu wohl wird, stopft er das Suppenhuhn in die Extrawurst, bevor das Eis bricht und man ein Gesicht macht wie eine Gans, wenns donnert, Himmel, Arsch und Nähgarn, es ist, als ob die Magd eine Meise hätte, und diewohl jetzo kommt endlich das grosse Amen, bevor der Pfaffe aus allen Nähten platzt – bei einigen bäurischen Redewendungen scheint es, als ob das Licht des Intellekts ausgepustet worden wäre, kräht der

Hahn auf dem Mist, ändert sich das Wetter, oder es bleibt, wie es ist,

es ist schön über alles (über das Ganze) nachzudenken doch es ist noch schöner über nichts (über das Nichts) nachzudenken

die Erscheinungswelt ist Nichtigkeit, nackte Leidenschaft

alles ist Haschen nach Wind

Mitternacht ist vorbei, wir stürzen ineinander

die Fingerkuppen tanzen über den Körper, leicht wie ein Wind

warm und leicht ist deine Hand wie ein Vogelzug, du lachst und nimmst mich auf deine Flügel und fliegst mit mir fort

wir glauben alle, das Leben zu kennen – ich kenne das Leben nicht, ich lebe es ist eine Illusion zu glauben, wir könnten unter etwas einen Schlussstrich ziehen; was geschah, wirkt ewig weiter

das Weltall glitzert, die Nachrichten sind bloss pünktlich

ich erinnere mich an den Schatten des Vogels, an die Stürme, die die Blumen knickten

ein sanfter Wind nimmt mich an der Hand und führt mich dorthin, wo es keine Erinnerungen geben wird

vergessene Manuskripte, ungeöffnete Briefe, eine vertrocknete Spinne: eingesargte Zeit

das Licht versickerte irgendwohin, du standst wie verloren an der Häuserecke, wir sprachen miteinander, da wurde es wieder hell

Olivenöl, ein gebratener Fisch, Brot und Wein auf dem Tisch, mit dir ist das Leben schön

alte Bücherstützen, Elefantenfiguren, ich mag eure scheinbaren Ordnungen, als ob es Halt gäbe, doch Wirklichkeit ist ganz anders

Licht und Schatten wellen auf und ab im Blau, im Grün, im Rot, im Gelb, die Farben singen

die Forellen schnellen stromabwärts, ich lache und tauche in dieses Bild

Nachtwind in unsern Haaren am Ufer des Sees im Gesang der Wellen

wir atmen ein und aus im gemeinsamen Flügelschlag, kleine schlanke Bachstelze, der Bach strömt weiter, als sei nichts geschehn

wir stürzen unaufhaltbar atemlang ineinander im Wind der Zeitlosigkeit

saugender Mund schlupfwespenfarbenprächtige Lustverpuppung deine Angst klumpt in meinen Achselhöhlen wir tun so als ob es Rettung gäbe Kiemenschlitze im Wasser gehäuselos schwebendflügelnde Gottheiten ach du bist schön kleiner Lippenmünder wir strömen in der Unstunde des Wolfs zuckend ineinander du Du-bist-die-Verlorne-im-Finden komm wir saugen uns aus wir vermehren uns fliessend

Gott offenbart sich feurig in den schmarotzenden Schwammtieren sinnlich lebhaft in Gelb- bis Schwarztönen die freiliegende Eichel eines beschnittnen Glieds und schwellendatmende Brustwarzen loben den Schöpfer des kosmischen Staubs und mit einem Mal ist das Leben aus vorbei Angst zuckt wofür? wir denken vergebens du malst Pfauenfedern auf Lotosblüten dein nackter Leib blüht als Wohlgeruch du gürtest dich mit Galaxien wir feiern den Augenblick der Zuneigung deine Stimme deine Stimme ist schöner als ein Orgasmus die Göttin des langen Lebens stürzt in deine Lenden noch ein einziges Mal erwarte ich deinen unvergleichbaren Sturm

ich liebe das Zwielichtige, nicht Eindeutige

Nephritgrün deine
unauslotbaren Augen

ich tauche in sie
finde mich
verliere mich
in deinen Höhlen

Mitternacht ist vorbei, wir stürzen ineinander, wir ziehen uns aus für den ekstatischen Tanz

man hüte sich, einem Literaturliebhaber, einem Musikliebhaber ein unpassendes Geschenk zu geben, die Scherben, die Papierfetzen könnten sonst in grosser Empörung fliegen, ich mag es nicht, beschenkt zu werden, das gibt nur Probleme, ich warne alle nahen Menschen, die ich kenne, die mich kennen, mir etwas zu schenken …, ich, Simon, bin ein passionierter Opernliebhaber, ich höre am liebsten Belcanto: Gaetano Donizetti, Giuseppe Verdi, Vincenzo Bellini, Saverio Mercadante, Gasparo Spontini, Gioacchino Rossini, Giovanni Simone Mayr, Nicola Antonio Manfroce, Carlo Coccia, Giovanni Pacini, ein Freund von mir sagte mir oft, dir fehlt Richard Wagner, du musst unbedingt Wagner hören, ich konterte, nein, ich muss überhaupt nicht Wagner hören, ich hasse Wagner, an meinem Geburtstag kam dieser Freund und schenkte mit „Lohengrin", ich war baff, sagte, nein, du, nimm diesen „Lohengrin" bitte zurück, der Freund erwiderte, du kannst doch kein Geschenk verweigern, und ob ich das konnte!, da täuschte er sich, ich nahm die Schallplatten aus der Kassette und zerbrach sie über meinem Knie, lachte, sagte, Wagner ist vielleicht schön, aber keine Musik, die Schallplattenscherben entsorgte ich im Müll, der Freund war baff und die Freundschaft war vorbei; ich Simon der Dichter, bin natürlich ein Bücherwurm, in einer Diskussion über Bücher sagte ich einem Freund, nein, diesen eitlen deutschen Grossschriftsteller Martin Walser mag ich nicht, diesem Freund fiel zu meinem Geburtstag nichts anderes ein, wohl um mich zu bekehren, mir Martin Walsers Roman „Finks Krieg" zu schenken, und, da er dieses Buchgeschenk nicht zurücknehmen wollte, zerriss ich dieses Buch vor seinen Augen, der Freund war baff und die Freundschaft war vorbei, herrgottschtärnechaibnochmals, wer mir Musik oder Literatur schenken will, frage mich zuvor, was ich hören, was ich lesen möchte – ansonsten wandert das „Geschenk" zerscherbelt oder zerfetzt in den Müll, ich erinnere mich, als ich 15-jährig war, schenkte mir eine Tante Robert Walser, Fjodor M. Dostojewskij und Gaetano Donizetti, diese sind auch heute noch (mit meinen 66 Jahren) meine geliebten Favoriten,

Politik: wie verelendet ist der Mensch doch geworden!

endlich erwache ich jenseits von Rationalität und Logik – und möchte alle Bücher in einen grossen Fluss werfen

Erleuchtung gibt es nur jenseits der Verstandes, Verstand fesselt

sich selbst zu verwandeln ist bereits viel, doch man muss immer weitergehen

Politiker sind der schleimige, eitrige, gelblichgrüne, trübwässrige Auswurf der kranken Menschheit, der Sputum der Niederträchtigkeit

es gibt keine Regeln, es gibt nur die schöpferische Freiheit

jeder moderne Gedanke muss Jahrmillionen aushalten, sonst ist er nichts

bedenke ich es recht, kommt mein ganzes Schreiben aus einem Erschüttertsein hervor

einer der seltsamsten – und schönsten – Romane, die ich gelesen habe, ist „Jakob von Gunten" von Robert Walser pack den Lichtstrahl und du wirst dich nicht brennen, wirf dich in die Dunkelheit und du verbrennst

Geistiges ist nur geistig, wenn es vom Sinnlichen durchglüht wird

ich liebe die Bilder und Schriften von Henri Michaux sehr

ich begehre dich dunkle Schönheit schlangenschlanker Dämon du bist fiebrig verführerisch geil ein visionärer Brand trunkner Untergang im feuchten Farnwald strebst du galaxienhinan ins Bewusstsein wir küssen uns in wildem Spuk Leib legt sich auf Leib wo schmerzlang Hoffnung aussetzt selbstverliebt hassend durchs Spiegelbild berstend vor Lust Schweigen beginnt o brennender Staub in dieser verzweifelten Liebe des letzten Traums Glutklumpen im Vorhof des Herzens du gibst Wahnzeichen für wen? alles ist bereits gestorben wir wissen nichts es gibt keine Brücken und du kleiner Fremder komm zu mir für eine Nacht wir verbrennen beide umarmt und umarmungslos die Theke ist eine der besten Erfindungen der Menschheit, man trifft sich dort, um zu reden, um zu schweigen, um den Frust abzuladen, man redet über Politik, verbessert die Welt, krümmt sich vor Lachen über das Ernsteste, bei einem Bier oder einem kühlen Drink redet man sich heiss über die Kälte der Chefs, ärgert sich über das Staatsbudget, das wiederum für Sinnloses Millionen ausgibt, die Theke ersetzt jeden Psychiater, jede Paartherapie, endlich kann man den Kragen öffnen und die Meinung sagen, tagsüber im Betrieb war das nicht möglich, der Handlungsspielraum ist begrenzt durch Routine und das Geschnorr der Kollegen, das Kichern der Kolleginnen, an der Theke lässt sich herrlich philosophieren, zum Beispiel so: Und dann überlege ich mir Axiome, Postulate, Prädikabilien, stelle Mutmassungen an über die Transzendenz, über Xenophanes, der im 6. Jahrhundert vor Christus in Elea eine Philosophenschule gründete, er lehrte einen pantheistisch gefärbten Monotheismus, das göttliche Urwesen mit dem Weltall gleichsetzend, nun, es ist bereichernd, geistesgeschichtlich weite Räume zu durchmessen, das ist doch ein tolles Gespräch an der Theke, ich liebe mein Leben, meine Gegenwart, liebe aber auch vergangene Jahrtausende, wie pulsierend nah ist mir alles, und dann denke ich krautundrübenquerbeet über die Glückseligkeit nach als einem allgemeinen Zustand der Wesenserfüllung und damit ein Ziel des Menschen, über die Kontingenz, in der scholastischen Philosophie die innere Endlichkeit eines Seienden, auch dass dieses So-Sein anders oder überhaupt nicht sein könnte, ich liebe es, wenn Antworten zu Fragen, Sicherheiten Unsicherheiten werden, und wie herrlich sind die Menschheitsmythen, wo Sinnfällig-Bildhaftes – Weltschöpfungs-, Götter-, Helden- und Heilbringersagen – zu Symbolen werden, die Welt ist überraschend reich an Mystik, Unendlichkeitsgedanken, Wahrnehmungsmöglichkeiten und an Schönheit, wie arm wäre die Welt ohne die Turbulenzen und Höhenflüge an der Theke,

gesellschaftlich gesehen ist eigentlich total alles geregelt, nach einer Geburt freut man sich, bei einem Todesfall weint man (mir ist schon das Gegenteil passiert), auf Witze soll man lachen, bei ernsthaften Krankheiten bedeppert dreinschauen, bei Hoffnungslosigkeiten so tun, als würde alles wieder gut, es gibt eben die eingeübten Überlebensverhaltensmassnahmen innerhalb von menschlichen Codifizierungen, die das Leben leichter machen sollen, auf alle Geschehnisse gibt es die vorgedruckten passenden Kärtchen, ein Dankeschön, herzliche Anteilnahme, viel Glück zum Geburtstag, Gratulation zu iks was usw., für alles ist gesorgt, ich zum Beispiel sehe den Sinn einer Ehe nicht ein, sie ist doch der Beginn eines jahrelangen Kleinkriegs, einer Anhäufung von Missverständnissen, einer existenziellen Entfremdung, des Liebeszerfalls, der Anfang der Scheidung, so stimmen mich Hochzeitsankündigungen traurig, nichts zu machen, so geschehen auch, als mir eine gute Freundin, ein guter Freund mitteilten, dass sie heiraten werden, ich hätte fröhlich werden müssen über dieses Ereignis, doch das Gegenteil geschah, wie erwartet, die Einladung zum Hochzeitsfest konnte ich unmöglich annehmen, für mich ist das Heiraten eine Posse, und über meinen Schatten springen kann ich auch nicht, da entschloss ich mich zögernd, ein schwarz umrändertes Kärtchen mit dem Aufdruck „Herzliche Anteilnahme" zu schicken, denn es war ja bei mir wirklich „Anteilnahme" mit im Spiel, ich war mir bewusst, dass das gewagt sei, ich schickte das Kärtchen „Herzliche Anteilnahme" meiner Freundin und meinem Freund zur Hochzeit, etwas unsicher geworden, doch zutiefst im Herzen ein fröhliches Liedchen trällernd, doch ohalätz, die Reaktion war heftig, der Freund schrieb mir, nun sei ich aber zu weit gegangen und er kündigte mir die Freundschaft, die Freundin schrieb mir ein paar Monate später: „Zuerst war ich schockiert nach deinem Kärtchen, doch ich beginne zu verstehen und muss jetzt lachen, du bist der einzige, der Mut hatte, sich einer Wahrheit zu nähern, die ich erst jetzt erlebe, gewiss ist, ich werde dein Kärtchen in meinem Leben niemals vergessen, ja, ich behalte es ‚mitwisserisch' tief in meinem Herzen, was auch geschehen wird", da muss ich, Simon, melodramatisch sagen, dass „herzliche Anteilnahme" in manchen Situationen halt doch gut sein kann,

(Kleine Journalistenlehre) Von einem, der schreibt, nimmt man an, er habe was zu sagen und er könne für das, was er mitzuteilen die Absicht hat, auch die richtigen Worte finden, die in einen vernünftigen Satz, der nicht von abgegriffenen Redewendungen trieft, verpackt werden.
1. Willst du topmodern schreiben, verwende die unmöglichsten Superlative, schmeisse mit Wörtern wie „die megaheisseste Show aller Zeiten" um dich.
2. Verwende viele Füllwörter, etwa so: „Und obwohl die Fussballmannschaft hingegen aber doch auch noch Aufstiegsträume soufflierte ..." – dass „soufflieren" in diesem Zusammenhang total deplatziert ist, macht nichts,

denn man will gleichzeitig auch zeigen, dass Fussballer nicht dumm sind.

3. Drücke dich möglichst wenig verdrückt aus, und da darfst du auch mit einem Fachwort deinen Artikel schmücken, etwa so: „Die Gemeindeordnung braucht frisches Blut, legen wir konzeptionell das Geld auf die hohe Kante wie Zellen von Erythrozyten in der Agglutination." Das versteht zwar kein Mensch, tönt aber fröhlich kunterbunt.

4. Schreibe wie an einem Schützenfest, ballere sportlich verbal drauflos, irgendjemanden triffst du schon.

5. Man muss das Schreiben auf die Fahne schreiben, damit das Schreibgeflatter von vielen Koryphäen der Schreiberzunft gesehen wird.

6. Allzu differenziert zu schreiben, ist nicht zu raten, denn dann begreift dich kein Politiker.

7. Betone unablässig wiederholend, dass alles, was du schreibst, hinter die Löffel geschrieben die Absicht gewesen und nicht in den Kamin gedacht ist.

8. Berichte eloquent vom Staatshaushalt, kümmere dich nicht um die Farbbezeichnungen, denn ob rote oder schwarze Zahlen ist einerlei, korrupt ist sowieso ob so oder anders und je alles.

9. Ein Schreiber, der etwas auf sich hält, weiss, wo der Bartli den Most holt – häufe also Zahlen auf Zahlen, zeig, was du weisst und wie unwissend der Leser ist.

10. In aller Faktenhuberei muss ein gewiefter Schreiber zwischendurch auch das gefühlshafte Leben aufdämmern lassen, etwa so: „Sie hatte in zwei Wochen vier Kilo zugenommen, es war zum Weinen."

Zudem: Der Stil ist eine tolle Sache! Man kann das Satzende an den Anfang hieven, Adjektive aufblasen oder ihnen die Luft rauslassen, die Sätze können wackeln und knarren, ein Satz kann tönen, als würde Holz gespalten – dem findigen Schreiber sind keine Grenzen gesetzt, denn wem die Stunde schlägt, der kann über alles und über noch mehr schreiben.

Der Wortschatz eines Journalisten ist eine abenteuerliche Variable, er dümpelt im notwendigen Bereich von etwa zweihundert Wörtern (gehört zum Grundwortschatz einer Fremdsprache) und greift bis zu den Sternen, zwanzigtausend, dreissigtausend Wörtern, der Journalist mit dem Grundschulwortschatz ist nicht unbedingt der schlechtere Journalist verglichen mit jenem, der einen Wortschatz wie ein wuchernder Urwald hat (du musst in deiner Dürftigkeit also keinen Knacks bekommen), und jetzt sind wir beim Stil, und das heisst wesentlich bei der

Methode, wie man ein Problem darstellt, es durchleuchtet, und das wiederum ist eine Sache des präzisen Denkens:

1. Im Stil liegt das Wunder der Schreibkunst.

2. Zeig nie, dass du etwas nicht verstehst, wirble einfach drauflos, bleibe höchstens klar in der Unklarheit, der Leser versteht ja sowieso kaum etwas.

3. Peter Bichsel hat einen Wortschatz von bloss zweitausend Wörtern (und er ist doch sackstark!) Hermann Hesse von dreissigtausend, Goethe von sechzigtausend, Victor Hugo von zweiundsiebzigtausend. Wer ist der bessere Schriftsteller? Falsche Frage, der Wortschatz allein ist nicht das A und O der Schreibkunst – gräme dich also nicht, Journalist, wenn dein Wortschatz dürftig ist.

4. Der Stil kann hitzig sein wie die Wüste oder orgelnd wie ein Ozean: beides ist faszinierend.

5. Wiederholungen müssen dich nicht betrüben, denke an die Litaneien, die dadurch gross sind, weil sie gewisse Denkelemente pausenlos wiederholen und dadurch einprägsam sind (Rosenkranzbeter kommen in den Himmel).

6. Wirf deine Artikel in heiterer Gelassenheit aufs Papier, er wird auch in der Entgleisung wenig beachtet.

7. Der Wahrheitsgehalt ist zweitrangig, denn bei geeigneter Definition der Wahrheit wird alles wahr.

8. Wenn dir zu einem Auftragsthema nichts zu schreiben einfällt, juble auf, denn dann steckst du in einer schöpferischen Krise, die dich früher oder später die berufliche Karriereleiter aufsteigen lässt.

9. Scheue dich nicht vor Plagiaten, schreibe ruhig von andern ab, verpacke aber alles in einem schönen Geschenkpapier.

10. Im Journalismus geht es ums Tägliche, Alltägliche, doch tu stets so, als obs wichtig wäre, ein für alle mal und überhaupt.

Das, was der Journalist schreibt, drauflos werkelt, ist immer nahe an einer „absichtlichen Zufallsproduktion", bleibt eine Unschärferelation und ist gerade durchs Ungenaue, Verwinkelte, Gezinkte, Ungefähre ein Lesefrust – ich meine eine Leselust.

Es ist ein Fest, pensioniert zu sein! 40 Jahre lang hiess es in den Stollen zu gehen, sich abzurackern, Chefs anzulächeln anstatt sie zu würgen, auf Lohnerhöhung zu verzichten, damit die Aktionäre reich und reicher werden und sich ihre Weltreisen zahlen konnten, als kleiner Büezer musste man alles schlucken, auch die Mödelchen der neurotischen Abteilungsleiter, aufzubegehren gestattete die Wirtschaftslage nicht, sonst wäre man im Nu wegstrukturiert worden, und der mühsame Gang zur Arbeitslosenkasse wäre vonnöten geworden, das ist für mich alles vorbei, ich bin frei, ich bin pensioniert, ich kann tun und lassen, was ich will, zum Teufel mit der Arbeit! zum Teufel mit den Chefs!, für die Sommerferien wird stets eine leichte Lektüre empfohlen, ich pflegte es anders, ich nahm mir für den Strand am Meer oder für die Alphütte in den Bergen stets schwierige Lektüre vor, quasi als Kontrapunkt zum Laisser-faire der Gesamtsituation, da erinnere ich mich an eine Flussfahrt, auf der ich Louis-Ferdinand Célines Roman „Reise ans Ende der Nacht" las, den Roman des genialen Krakeelers, der beim Erscheinen 1952 „wie ein Schuss im Konzertsaal" wirkte, denn sein „simplizianischer Held klagt eine entartete Welt an, das abscheuliche heillose Dasein überhaupt, eine fulminante Menschheitsbeschimpfung", die mir sehr gefiel zwischen den artigen Cocktails auf dem Schiff, oder am Meeresstrand, wenn die Sturmmöwen ihre Runden zogen und Tausende von Menschen neunzehntelnackt rumlagen und schwitzten, mich durch Arthur Schopenhauers mehrbändige Gedankenjonglage „Die Welt als Wille und Vorstellung" zu wühlen; auf einer Alp beim Gemecker der Geissen und Grunzen der

Schweine las ich existenziell aufgewühlt Carl Spittelers vielhundertseitiges gereimtes Epos „Olympischer Frühling", jetzt in meinen Dauerferien bevorzuge ich schwierige Bücher wie Sartres tausendseitige „Entwürfe für eine Moralphilosophie" oder „Moravagine" von Blaise Cendrars, einen der besten, verrücktesten Romane aller Zeiten überhaupt – und wortgewaltige, sinnliche Gedichte von Vicente Aleixandre, der sich an das Unvergängliche im Menschen wendet,

als Gewissheit bleibt nichts nicht einmal Nacktheit Häuser brennen Täler Berge und Meere brennen Menschen brennen inmitten dieser Grossbrände friere ich Licht singt in mir brodelt Dunkelheit willst du mich töten? willst du mich lieben? du weisst nicht was du sagst was du willst kannst du fühlen? komm wir löschen uns in dieser Sekunde des Kusses aus

leguangrün die Meeresküste die Augenbuchten schlauchwurmig der Körper liebeslüstern wirbellos die ozeanische Umarmung wie tanzen alle total verrückt in diesem ptolemäischen Weltbild Anfangundende als Schwerkraft sagst du was? wir klaffen alle um einen

Faktor von rund einer Milliarde auseinander in den Grenzen des Augenblicks den wir uns sanft zögernd schenken für eine Nacht

in der Natur – im Urwald, in den Meeren, in den Wäldern, in der Wüste – gibt es keine Toleranz, da gilt unter den Tieren und Pflanzen die Macht des Stärkeren, des Schnelleren innerhalb von Sinneinheiten, innerhalb einer Balance von Leben und Überleben, da ist alles bestens im Gleichgewicht von Nehmen und Geben, da trat der Mensch auf und brachte alles in Unordnung, da wurde im unseligen Namen von Ansichten, Meinungen, Religionen und Patriotismen seriell abgeschlachtet, eine eigene Lebenshaltung als die eigene wurde in der Geschichte der Menschheit nicht toleriert, Fanatismus und Orthodoxie schwangen das Schwert, du musst glauben, was ich glaube, sonst schlage ich dir den Schädel ein; Toleranz hat mit Gewissensfreiheit zu tun, materielle Lebenshaltungen könnte sehr gut mit spirituellen koexistieren, tolerant heisst nicht, alles zu akzeptieren, sondern einfach die andere Lebensausrichtung zu respektieren, nicht gewalttätig gegen sie vorzugehen, diese existenzerhellende Grundhaltung fehlt heute allerorten, es müsste das vorurteilslose, freie Denken postuliert werden, der

Einzelne hat das Recht, so zu leben, wie er es sich mit seiner Sittlichkeit vereinbaren kann, vorausgesetzt, er schadet keinem, Toleranz hat damit zu tun, dass sich niemand – auch der Staat nicht – einem andern überordnet, niemand einen Zwang über andere ausübt, sondern alle, welcher Couleur auch immer, sich gleichachtet in uneingeschränkter Kommunikations-, Diskussions- und Lernbereitschaft (so kommt in der Aufklärung Toleranz zum Ausdruck), Karl Jaspers spricht da im Zusammenhang von Leben und Geist als ein Zusammenleben, das die eigene Existenz ausmacht, als ein Appell an die Möglichkeiten des friedfertigen Menschen, und dass alle denkbaren Standpunkte in ihrer Relativität zu sehen seien; alles ist Stückwerk, es gibt keine totale Richtigkeit nur einer einzigen Wahrheit, die Entwicklung der Menschheit hat viel mit Dämonie zu tun, und diese zu überwinden, ist ein gutes Ziel: Beginnen wir, echt tolerant zu sein, sagen wir jeder Gewalt ab, sich dafür einzusetzen, lohnt sich ein Leben,

du gehst und gehst fort brodelnde Mösen du gehst fort steife Schwänze tanzen in Achselhöhlen tanzende Brustwarzen im Nachtdunkel der Unzeit stürzen wir ineinander umkrallen wir uns der Schmerz verdichtet sich im Kuss Trauer du gehst und kommst und tanzt ziehst dich aus ziehst mich aus komm geh wir kleiden uns mit Schmerz Angst brennt peitscht rubinflammenrot harlekinschlangenerregtrot dein Geschlecht pulsiert aufwühlendrot wir kneten einander todschlundhin Mund stürzt in Mund du gehst und gehst du kommst wir tanzen verdunkelt blutrotnackt

du trinkst und saufst literweise Tod was willst du singen du krepierst am Tod du auferstehst im Tod du stirbst Leben du bist begehrenswertgeil Fäulnis in der Stunde nach der Lust ich bete dich an küsse nachtlang deinen nackten Körper streichle dich deine Schamhaare trinke deine langen säulenschlanken Beine deine Lippen deinen Bauchnabel bin verloren längst ich kose deine Glieder dein Glied lache weine psalmodiere deinen Hintern jaja so ists in der Stunde des Rauschs der Zuneigung im Augenblick des Entflammens mit meinen Versen falle ich vor dir in die Knie vor deinem Phallus bedecke deinen milchstrassenhellen Körper mit meinen Küssen wer schreit in dieser Nacht? Dummheit will uns vernichten vielstimmig die Angst verhandlungsunfähig die Liebesraserei todgevögelt und dennoch dieser zarte Tanz auf den Zauberbergen mit unbeschuhten Füssen nun heisst es

Schatten zu empfangen oder was? lösen wir uns ineinander auf

ich bin alt geworden und neugieriger denn je aufs Leben, auf ein Leben mit Schönheit, Harmonie, Kunst, Liebe, gegen Mittag aufzustehen, sich die Augen zu reiben, die Arme zu strecken, was für ein Wohlgefühl, und dann die erste Tasse Kaffee zum Buttergipfeli, und um keinen Stress aufkommen zu lassen, setze ich mich in den Drehfauteuil, zünde mir eine Pfeife an, nehme Band 2 des grossen chinesischen fünfbändigen Gesellschafts- und Sittenromans in die Hand, er heisst „Djin Ping Meh, Schlehenblüten in goldener Vase", entstanden in der Spätzeit der Ming-Dynastie (16. Jahrhundert), ein höchst realistisches Buch eines anonymen Verfassers, der ein mit Witz und Humor begabter Menschenkenner gewesen sein muss, konfuzianisch gebildet, aber auch erfahren in den taoistischen und buddhistischen Welt- und Lebensbedeutungen; was da der Hausherr zwischen Ehebett und Bordell, bei Geburten und Hochzeiten und Beerdigungen, in der Politik und Intrigen durchmacht, ist ein fabelhaftes Lesevergnügen, nachmittags entsorge ich die letzten elektronischen Geräte, stelle bunte Kerzen auf, und, da kommt mir ein Geistesblitz: auf meinen

Telefonbeantworter spreche ich: „Wollen Sie mit mir Kontakt aufnehmen oder mir etwas mitteilen, schreiben Sie eine Karte oder einen Brief", telefonisch gebe ich keinem Menschen mehr Antwort, und ich habe mich nicht getäuscht, in den nächsten Tagen kommen Karten und Briefe, die ich in aller Ruhe bei Kerzenschein lesen kann, kurze Mitteilungen werfe ich in den Papierkorb, denn es lohnt sich nicht, darauf Antwort zu geben, auf längere Briefe antworte ich mit einem langen Brief, was für eine schöne, sinnliche Zeit erlebe ich da, abends setze ich mich ans Seeufer, schaue in die Wolken, geniesse den Vogelgesang, nachts lese ich unter meiner Leselampe in den Biografien von Malern, nehme, bei einem Streichquartett von Franz Schubert, ein Glas Châteauneuf-du-Pape, ein paar zungenkräuselnde Schlückchen Mirabellenschnaps, wie schön kann das Leben sein –

Angst und Kälte in deinen morphoblauen Augen kreist Tod du trinkst Verzweiflung ich tauche ein in den Kometenschweif des Tods ins Kerngehäuse des Spiralnebels brennender Höhlenfluss Gott wuchert im Sternbild des Drachen es ist zu spät alles ist zu spät kugeligrot die Traubenbrustwarzenbeeren das Mark flammt gefiedert ins Fruchtfleisch Nacht Vulva und Phallus tanzen hohoo dies ist die Stunde der Götter und Göttinnen halte eine Rede schweige lache umarme wirf dich ins Rettungslose atme Nacht ein Schmetterlingsfisch orchestriert Verzweiflung Einsamkeit brennt das Cello pulsiert Angst Gott wandelt durch die Bakterienflora es ist die Zeit der Auferstehung Haut sucht Haut trinken wir Streptokokken aah es tut gut traumfiebrig gut in Tempeln zu wallen Geysir zu spielen vieles zu sein dein Körper Klangfarbe der Lust dehnt sich spiralgalaktisch mündet ins dunkle Auge Nacht singt Nacht

wenn ein Autor es wagte, mir, dem Cheflektor, einen solchen Satz zuzumuten: „Abends nach dem Kaffeetrinken ging Elfriede ins Kino", bekäme ich einen Tobsuchtsanfall, denn dieser Satz sagt nichts aus, ist absolut ungenau, ich würde diesen dummen Satz auseinanderreissen, denn was heisst schon „abends", wann ist „abends"?; das Wort „Kaffeetrinken" würde ich entzweireissen, kaputtreissen, zerfetzen, verfetzeln, zerrupfen, und dann noch das Unwort „Kino", ich tobe, was soll „Kino"?, ists ein Filmtheater? eine Revolverküche? ein Filmpalast?, und warum zuvor dieser dämliche Kaffee: ich würde dem Autor sein Manuskript um die Ohren schlagen und ihn aus meinem Büro schreien .., zudem, warum ging diese dumme Zwetschge abends nach dem Kaffeetrinken ins Kino?, hat der Autor nichts Gescheiteres, nichts Aufbauenderes mitzuteilen?, ein solcher Kaffeesatz-Satz bringt mich zum Aufschäumen, ich breche los und aus, gerate aus der Fassung, ich würde ergrimmen, platzen, rasen, toben, fluchen, wildwütend zornig werden, an die Decke springen, in die verpestete Luft gehen, aus der Haut fahren, fauchen, ausflippen, in Rage geraten, aufdrehen, wie zuvor noch niemals in der Welt aufgedreht worden ist, dieser Autor würde in seinem ganzen Leben keinen Pieps und Mucks mehr schreiben, er würde sich hüten, dieser Wicht, dieser geistlose Gnom, dieser jämmerliche Simpel, Dümmling, Dummbartel, Fetzenschädel, Blödling, Seichtwasserdümpler, Trivialplapperer, Dussel, Schafsnasige, Dodel, Esel, Knallkopf, Dummerjan, Flachkopf, Tölpel, Knaller, Hohlkopf, Einfaltspinsel, Gipskopf, Grützkopf, Strohkopf, Döskopp, Trottel, Depp, ich würde ihn Mores lehren, was es heisst: ZU SCHREIBEN!, und wer ist denn schon diese Elfriede, mit diesem lächerlichen Namen, die abends nach dem Kaffeetrinken ins Kino gehen will?, eine Krähe, Schlappbeinlerin, ein Miststück, ein Teufelsbraten ist sie, ein Vitzliputzli, eine eingebildete Trine, vielleicht gar eine Unholdin, sie soll doch zu Hause bleiben!, diese Schabzigergrille und Heubodenwanze trinkt sogar abends vor dem Ins-Kino-Gehen Kaffee, man stelle sich das nur mal vor: ist völlig unmöglich, so etwas ist in Gottes Schöpfungsplan nicht vorgesehen, o diese Pampelmuse-Pseudomuse, Flohbiss-Gebissene, ich bin entsetzt, entgeistert, erschüttert, fassungslos, schockiert, wie vom Blitz getroffen und vom Donner gerührt, erschlagen, verdattert, vor den Kopf gestossen, wirklich, dieser Satz „Abends nach dem Kaffeetrinken ging Elfriede ins Kino" ist nicht vertretbar, muss gestrichen werden, und jetzt zum zweiten Satz ...,

was für eine Lust, Bücher zu lesen, alte und verstaubte, Bücher, die ich vor dreissig oder vierzig Jahren oder noch früher erwarb, zum Beispiel die „Illuminationen" von Arthur Rimbaud – „Et la soif malsaine / Obscurcit mes veines", „Und der Durst, der ungute, / Dunkelt in meinem Blute" (grossartig übersetzt von Walther Küchler) –, glühende Verse, die ich als Zwanzigjähriger in Montpellier kennen lernte und die mich ein Leben lang fesselten, Bücher, deren Seiten vergilbt sind und einzelne Seiten aus dem Buch fallen, ich muss das, was die Kritikerstars heute in den Himmel loben, nicht lesen, es drängt mich nicht, ich halte mich nicht an die Bestseller, ich liebe es, frei zu sein, und das zu lesen, wonach mein Sinn strebt, der grosse spanische Lyriker Juan Ramon Jiménez (1881–1958) schrieb in seinem Gedicht „Tagesanbruch": „Der Himmel war kein Name, / sondern der Himmel", diese kurze Aussage beglückt mich tief, ich bin innerlich frei, das zu lesen, was Platon, Aristoteles und die Stoa, Epikur, Plotin, Augustinus, Boethius, Spinoza, Kierkegaard, Nietzsche (ja ihn besonders!), Bergson, Jean-Paul Sartre, Karl Jaspers, Hans Saner über die Freiheit schrieben, und ich bin frei, Kant abzulehnen, weil ich ihn einfach nicht mag, mit zunehmendem Alter erlebe ich neue Dimensionen der Freiheit, der Gedankenassoziationen, der Verknüpfungen aller Dinge; eins wird mir das andere und das gleiche, vorsichtig gesagt: ich nähere mich einer heitern Desillusioniertheit, potzdonnernochmals, was für grossartige Weltendurchdringungen bei den Vorsokratikern, bei den Milesiern, bei Heraklit von Ephesus, bei Anaxagoras und den Eleaten, doch auch die Gedanken- und Kunstäusserungen der Gegenwart können mich begeistern, zum Beispiel die Romane von Patrick Modiano (französischer Literaturnobelpreisträger 2014), seine psychologisch fein ziselierten Menschencharakteristika, „voller Spannung, Sehnsucht und Geheimnis", aufwühlend wie ein Film noir, wie reich ist doch das Leben!, ich muss als 66-

Jähriger überhaupt nichts mehr müssen, ich kann tun und lassen, was ich will, ich bin frei allen Gängigkeiten, allen Verhaltensnormen gegenüber, ich liebe es, innere Grenzüberschreitungen zu wagen – alles ist eitel, Wind und Wolken sind wesentlich,

Todessinfonie Todesquartett den Todesmonolog hörst du ihn in deinen Blutbahnen in den Erinnerungstäuschungen deines Wahns? im Gottfieber das dich heimsucht? ich orchestriere deine Geilheit suche dein Suchen gegenüber der Moral diesem Luder singst du befreit alle Wunder des Menschengeschlechts ich mag diese Verworfenheit diese langfransig bewimperte dunkle Verlorenheit

die einsiedlerische Grabwespe besucht Rainer Maria Rilkes Grab ein Affenskorpion singt eine Liebesarie allerlei geschieht in meinen Nächten Tod verführt was ihn verführt ich küsse deinen Nacken deine Brust dein Geschlecht deine Füsse deine Verwesung ach Schmerz ach Leidt ach dämonsche Verzweiflung Untergang wardt mir zu schrecklicher Luszt ich kose deinen nackten Leib trinke deinen Bauchnabel in den Lüfften dräuet Angst ganz alleyn sey versichert und gewiss drumb lieb ich dich nichts ist zu finden weit und breit wie deine sonnenhelle Sterblichkeit was es zum Beispiel auf sich hat mit der Fernsehwerbung, ich fasse es nicht: die reinere Haut, das weissere Weiss, die gesündere Biovollwertnahrung, das vollere Haar, die vollendetste Beinrasur, die geschenkte Lebensversicherung, die schnellere Internetverbindung: es ist ein Land der Oberflächenschönheit, der Problemlosigkeit, und alles kostet fast nichts; wer dazugehört, gehört ein für alle Male dazu, so einfach ists, nicht nur alterslos ist das Gesicht mit der Beautypflege der neusten Linie, sondern jung, runzellos jung auch im Alter, strahlend, überwältigend in der Energie, verführerisch, ein Garant für den Erfolg, da muss ich lachen, ich, Simon, liebe die Runen, die Runzeln einer alten Tibeterin, die Furchen eines Menschen, der viel erlebt hat, kürzlich lernte ich in einer Spelunke Clino Sarraz kennen, einen alten Venezolaner, der auf einer alten Gitarre rumzupfte und Lieder sang, sein Gesicht war wie gegerbtes Leder, seine schlanken Hände sausten wie Schlangenaale über die Gitarrensaiten, mir wurde das Herz weit, in einer Pause setzte ich mich zu ihm und fragte ihn, ob ich ihn zu mir einladen dürfe, ich möchte mit ihm reden, er nickte, sein schorfiges Haar fiel ihm über die Stirn, bei mir tranken wir Wein, rauchten wie Piraten, ich fragte ihn, wie alt er sei, da lachte er, zog seinen Oberkörper nackt aus und tanzte auf den Händen in meiner Stube auf und ab, ich sagte „ahaa", zog meinen Oberkörper nackt aus und tanzte auf den Händen wild umher, dann setzten wir uns wieder aufs Sofa, er nahm seine ramponierte Gitarre und sang ein Lied von einem schönen Mädchen, von dem er träumt, ich nahm meine Indianerflöte mit fünf Löchern und wirbelte eine Melodie hin, zwirblig und schwermütig gleichzeitig, da fragte mich Clino Sarraz, „warum hast du keinen Fernseher?", da sagte ich nur kurz, „eben, weil ich keine Werbung mag, weil du singst, weil wir im Handstand tanzen", auweia, wir liessen Zeittypisches links liegen und tanzten nochmals auf den Händen,

unter dem Titel „Das Alter" hat Simone de Beauvoir eine grundlegende erkenntnis- und gesellschaftserhellende Studie geschrieben (publiziert 1970, 500 Seiten), ein Panorama über die Situation des Alters bei vielen Völkern in den verschiedenen Zeiten, allen älter werdenden Menschen empfehle ich diese Lektüre, ich selbst mag es, älter zu werden – besonders in der Kakophonie des heutigen Jugendlichkeitswahns, klar, ich liebe die Jugendlichkeit auch, ich bin begeistert über die Schönheit, die Ausgelassenheit, Unbekümmertheit des jungen Menschen, ich mag ihre Ziellosigkeiten, ihre

Entwürfe, ihre Versuche, die Jugend hat das Leben auf ihrer Seite, alles wird wie neu angegangen, gut, dass das, was als „richtig" galt, in Frage gestellt wird, Veränderungen sind wichtig, doch vielfach sehe ich eine rebellionsferne Jugend, die wenig mehr im Sinn hat, als die Plattitüden, die Geistlosigkeiten, die Moden, die Karriereleerheiten, von der sie umgeben sind, fraglos zu übernehmen, die Jugend will so sein, wie alle sind: gleich angezogen, gleich denkend, gleich handelnd, eine Generation der Abmagerungskuren, die Masse wurde zum Stilprinzip, Originalität ist verpönt, Anpassung ist oberstes Gebot, in der Freizeit vergnügen sich alle gleich, depersönlicht inmitten von Gruppen, von Herden, individuelle Einfärbungen werden lächerlich gemacht, abgestossen, ich liebe die unendlichen Farbnuancen, die intermediären, interozeanischen Orchestrierungen des Menschseins, die sparrig verzweigten Individualitätsausformungen, die persönlichsten Formen, quergestellten Fragen und Antworten, das Allgemeine ist mir zu verwässert, zu dümmlich, nicht der Rede wert, das Leben ist auch auf der Seite des Alters, ich liebe es, prall, seehundgenüsslich, abenteuerlich, jeder Tag ist neu, reich an Grenzüberschreitungen, die Dimensionen der Assoziationen überfluten mich, ich finde es hochinteressant, in der Geschichte zu stöbern, ich erfahre

Spektakuläres, meine eigene Lebensgeschichte interessiert mich weniger, denn ich lebe als altwerdender Mensch intensiv im Augenblick, der mich überrascht, der so neu ist wie noch nie zuvor – ich bin kribblig neugierig auf die nächsten Augenblicke,

mit zunehmendem Alter hat mein Staunen über die Welt, die Natur, die Kunst sprunghaft zugenommen; ich bin völlig perplex vor Staunen, wenn ich die Schönheit des Menschen betrachte, wenn ich ein Gemälde von Chagall sehe, ein Gedicht von Rilke lese, ein spätes Streichquartett von Beethoven höre, eine Gesichtsvase aus Phaistos (Kreta) mich anschaut, Indische Glaswelse durch meine Träume schwimmen, Efeu sich an einer Mauer hochrankt, Kummuluswolken am Himmel vorbeiziehen, ja, ich staune sogar, wenn die unfassbare Zeit wieder eine Stunde vorgerückt ist, was hat das zu bedeuten?, ich bedaure Menschen, die Langeweile erleben, die oftmals nicht wissen, was sie anfangen sollen, mir wird jeder Augenblick zu einem Erlebnis, ich finde es herrlich zu leben, mich in Ungewohntes zu werfen, Alltagsgewohnheiten kenne ich nicht, gestern vertiefte ich mich in die Vorsokratiker, heute in die Klavierkonzerte von Mozart, morgen stürze ich mich in einen Roman von Juan Carlos Onetti, den literarischen grand old man Uruguays, die Abwechslungen sind unbegrenzt, wunderbar, die gängigen Massstäbe lehne ich ab, mich interessiert das Neue, mich interessiert das Alte, das in seinen Erstbegegnungen für mich prickelnd neu ist, ich beginne die Gelbe Wiesenraute mit den Blüten in kopfigen Büscheln in einer Rispe, das Sternbild des Löwen im Westnordwesthorizont des Frühlingshimmels, die Evidenz des philosophischen Grunds, dass etwas ist und nicht einfach nichts, die frühgotischen Pfeilerkapitelle der Basilika von Amiens, das Flackern der Kerze auf meinem Schreibpult zu lieben, parbleu, ich staune über das Leben, über die unfasslichen Perspektivenwechsel der unendlichen Wahrnehmungsmöglichkeiten, das Leben ist tausendfältig mehr als das ABC, mich langweilt zu wissen, was alle wissen, Wissen ist ein Abenteuer der Fragen, deren Antworten fragwürdig bleiben, warum ist die Erde rund? warum expandiert im Weltall alles? warum liebt die Grosse Sterndolde Laubwälder, Mischwälder, Auwälder, Schluchtwälder, Bergwälder, Bergwiesen und kalkhaltigen lockeren Lehmboden (gibt es das überhaupt noch in unserer zubetonierten Unwelt?), ich staune über die mikro- und makrokosmischen Rätsel; es ist herrlich, ratlos zu sein, blind ist die Intelligenz weitsichtig der Instinkt der Ackerschachtelhalm sorgt sich um seine Nachkommenschaft in der Samenschale träumt ein Embryo Erkenntnis kosmischer Staub auf der Zunge Röhricht umsäumt den Schwerlilienteich Licht blitzt blutrote Lichtstummel zucken blumenelfisch sternenvielgezackt im feinhaarigen Moos deines jungen Geschlechts taumelt die tanzende Alge Einzellerkolonien flammen grünblau auf wir geisseln unsre entblössten Körper ich ficke dich du beisst meine erigierte Morchel in dieser Stunde beten wir uns rasend an das nektartrinkende Rieseninsekt mit dem tödlichen Stachel liebt die schöne blaue Glyzinie sanft unendlich sanft

in deinen flunderförmigen Hoden läuten Sterne ein hellgraugrüner Schillerbärbling liest Goethe ich lache ich weine ich verstehe alles ich verstehe nichts du bist schön wie eine Rochenseefledermaus sinfonisch geil wie ein Spitzkopfkugelfisch lass mich deine Igelfischgeliebte sein im unermesslichen Meer deiner Traumgalaxien mein Mund stürzt auf deine Narbe wir wechseln uns aus Liebeszuckungen werfen uns auf den Höhepunkt hinter dem Nichts es gibt Menschen (und das bleibt für mich, Simon, eine Unfasslichkeit), die keine Bücher lesen, spricht man mit ihnen, merkt man spätestens nach dem zweiten Satz, dass sie nicht lesen: sie sprechen kümmerlich, einfallslos, einfältig – ohne jeden geistigen Horizont, es gibt Menschen, die lesen all das Bestsellergeschmäus, lesen von Schweinwelten, die bestätigen, was sie (die Leser) nicht haben: Rosarotes, Nivelliertes, Pseudodramatisches, Ersatzliebe werden als Welten verkauft, diese Menschen ziehen sich modisch schwarz an, schauen Fussballspiele, fühlen sich wohl in der Masse, es gibt Menschen, die hie und da ein gutes Buch lesen, eines oder zwei pro Jahr, und sie glauben, sie seien belesen, doch im Grunde genommen sind sie nur faule Menschen, die sich ihre Langweile um die Ohren schlagen, ich, Simon, lese pro Jahr hundert bis hundertfünfzig Bücher, und mein Appetit aufs Lesen ist noch nicht gestillt, Bücher sind heilig und geil, bösartig und liebebesessen, bedeuten Himmelundhölle, sind Mösen gierig zu lecken, steife Phallen zu reiben, Gott und das Nichts, ich rufe zu euch, Bücher in der Nacht, beim Lesen verliere ich die Zeit, finde alle Zeiten, ich trinke Bücher auf der Zunge vergehen lassend, ich bin dem Buch verfallen, Schmerz, ich psalmodiere eure Wörter, liebkose eure Worte, bete die Buchstaben an, am Anfang war das Wort, ein Buch ist ein Flugfisch, eine Liebesharpune, ein Perlhuhn, Brüste, Gletscherspalten, Artischocken, Hoden, Ärsche, Schamhaare, Rückenbögen, Halluzinationen, Gebete, heilig, schamlos, eine Asselspinne, ich fühle mich zerschunden, weihrauchaufatmend wohl, michelangelesk, Bücher sind keine Ersatzwelten, sondern DIE Welt an sich, sturmunddrangdunkel, frivol, asketisch, walrossgesellig, Achselhöhlenwärme, milbenzart, Kerzenflackern, kronenkranichgekrönt, das Buch ist ein Geheimnis der Historie, eine Fundstelle der Anschauung, universell im Auffächern von Angst, Träumen und Sichfinden, Bücher sind Hymnen und Donnerschläge zugleich, Rettungsboote, Bussgebete, Bauchnabel, Schreie, Marionettenbühnen, Urlandschaften, Erhellungen für Geist und Seele, Schluchten, Knochenmarkentzündungen, Walpurgisnächte, Singvogelkehlen, Vollmondgeister, Hexensalben, Wolfsmilchgewächse, Hirnhautentzündungen, Konvulsionen, ich liebe euch, Bücher, die ihr einmalig eingefärbt seid, fiebrig, stoisch, harmonisch, polyphon, celloklagend, und nun nehme ich ein neues Buch zur Hand,

es gibt keine Wahrheiten, sondern nur Mundzumundekstasen

die Fantasie ist in meinen Augen etwas vom Schönsten, das ein Mensch haben und pflegen darf, sie ist eine personale Kosmogonie, eine lockere „Lehre" von der Entstehung und Entwicklung des Weltalls sowie der Himmelskörper und aller anderen kosmischen Ojekte wie Engel, insgesamt aller menschlichen Erinnerungen und Vorstellungen, enthalten in jedem Spatzenhirn eines jeden Menschen; die „Lehre" wird weit hinter sich gelassen, und unendlich viele Anfügungen, Gedankenblitze, Einfälle, Anekdoten, Verknüpfungen gesellen sich dazu, das Reich der Assoziationen kennt keine Grenzen, sie ist ein Bereich der wundervollsten Gedankenfeste, letzthin las ich einen aufgeklärten gichtgeplagten verknorzten Philosophen, der aufgebläht in seinen Dümmlichkeiten und versteinert in seiner Eitelkeit ist und musste an Rumpelstilzchen denken, was mich laut zum Lachen brachte, als ich ein Kyrie von Ludwig van Beethoven hörte, fiel mir ein Amselgesang ein: beides machte das Weltall etwas leichter und heller, ich träumte oft von den seltsamen Ohrenfischen, furchterregenden Saugwelsen und sauriergrossen Mooreidechsen, und dann denke ich nach dem Aufwachen an die grossen, die ganze Existenz des Menschen auslotenden Romane von Dostojewskij, beim Betrachten von Alberto Giocomettis schlanken, stabförmigen Statuen höre ich den

Herbstwind in den Binsen, im Schilf am Orinoco, Assoziationen haben viel mit Synästhesien zu tun als mit Reizempfindungen eines Sinnesorgans bei Reizung eines andern, also zum Beispiel ein Auftreten von Farbempfindungen beim Hören bestimmter Töne; ich müsste auch von Symbolen reden, doch da käme ich vom Tausendsten zum Zehntausendsten …, hier sollen genügen: ein schreiendes Rot oder beim Hören von Frédéric Chopins beiden Klavierkonzerten kommt mir der dunkle nebelverhangne Böhmische Wald in den Sinn, wenn ein Kind singt, tanzen die Sterne, und bei einer Konzertarie von Mozart sehe ich Berenikes blonde Haare über ein lapislazuliblaues Kleid fallen – Hören, Sehen, Schmecken, Riechen lösen sich auf, eines findet sich im andern, all das hat nichts mit Zufall zu tun, sondern steigt auf rätselhafte Weise aus dem riesengrossen Unterbewusstsein auf, gleichsam wie Wasserrosen aus einem tiefen Teich, so kann ein linearer Satz zu einer Sinfonie werden, ein Blick aus dem Fenster löst einen Film aus, nichts ist nur das, was es ist, sondern alles ist gleichzeitig alles, sofern man offen für alles ist,

du präludierst den Beischlaf Gott koitiert dämonenwärts wir sind alle Gefangne des jahrmilliardenalten Chaos der kosmischen Onanie aus der Ursuppe steigt die Todesfuge des eiweissreichen Lebens komm kleiner Fremder wir küssen uns wir ziehen uns aus wir beten die Auferstehung des Fleischs Phönix ja du Friedhof Steinbruch über die Gräber gaukelt das Mondauge ich verstehe dich Mund trinkt Mund Todgetorkel cimble schalmeie klarinettle bassgeige trommle sattes nacktes Leben spinne Spinne dein todsüsses Netz tantze Hertz sündiglich gierigen Untergang stürtze dich in schwindelichen Rausch Mensch gieb mir deine schlancke heisze Hand Jüngling Kyparissos wirf dich in meyne schreyenden Arme rosenfrisches Mädelein auf dass kein thörichter Anfang und kein fiebriges Ende funckelt spricht das geile Gerippe Tod

itzo aus der tieffen Grufft die Angst weiterleben zu müssen swefel wasser feur und dampf es hallet und schallet und jauchtzet die Illusion trinken wir trotz Noth und Pein eins ist das andre umarme den kalten knochigen Leyb ich sehe bereits das Ende meines Lebens doch noch will ich dich umsausen umb umbrausen die Welt 1:1 zu erleben, sie in diesem niedern Erlebniswert zu gestalten, Fragen zu stellen, Antworten zu geben, dünkt mich einfallslos, fantasiefern, langweilt mich, als kleines Subjekt, das ich bin, suche ich keine festgefügte Welt, sondern tausend offene Welten, wenn ich Historisches lese, erlebe ich die Gegenwart neu, springen mich ungezählte Facetten an, die mir so noch nie begegnet sind, treffe ich Menschen, denke ich an Romanfiguren, lese ich Romane, sehe ich die Menschen, die ich treffe, in einem neuen Licht, mit neuen Schattierungen, bei philosophischen Gedankensystemen muss ich lachen, denn ich denke mir (als ob ich Rumpelstilzchen wäre), dass es ausserhalb aller Systeme viel schöner ist, gewiss existenziell befreiender, ich lasse mich gern tragen von den Flügeln einer barocken, klassischen oder romantischen Sinfonie, singe neckisch vergnügt mit den Mückenschwärmen, tanze lasziv mit den Spiralgalaxien, schweige in der windlosen Oase, wenn die Seele offen ist (oder ist es der Geist?), verwandelt sich alles, ist jeder Gegenstand nicht nur sich selbst, sondern perspektivisch je nachdem gleichzeitig auch anderes, manchmal ziehe ich mit den Wolken über unbekannte Landschaften, schwimme lustsuchend durch Korallenriffe, fliege mit den Zugvögeln über die Meere, hüpfe als Triller in einem Orchester, zu denken gehört zu meinen Leidenschaften, zu denken, dass die Philosophie bereichert und die Literatur natürlich auch, zu denken, dass es neben all dem Nützlichen unseres Alltags das wogende Unnützliche gibt, das nichts einbringt, das Konto nicht erhöht, sondern das einfach LEBEN ist in seiner Vielfalt, in seiner Verschwendung, in seiner Zuneigung zum Geheimnisvollen, ich liebe es, ein moderner Taugenichts zu sein, ein Liedlein zu trällern, wenn man arbeiten müsste, im Wachsein seltsamen Träumen nachzusinnieren, anstatt eine Pflicht zu erfüllen ins Unbewusste hintersteigen, als alter Rabaukler plädiere ich darauf, die Werte zu verschieben, sich nichts vorschreiben zu lassen, sondern auf die eigene Stimme zu hören, und wenn alles schief läuft zu lachen, zu tanzen, zu tanzen – in der Verwandlung geschieht Neuschöpfung, wagen wir sie,

Lichtfinale schmerzgleissend verschattet Donner klumpen im Himmel du gottpunktiert und mit dem sommerwurzschlanken Körper du bist schrecklich allein dein Geschlecht pfeilt lustbesessen im Gegenlustbrand Schiva lacht und fern schau nur gut tanzt die im Deltadickicht lebende kurzschwänzige Rohrkatze der Kater als Inkarnationsform des Sonnengotts und die Katze als Sonnenauge der Dompfaff singt mumifizierter Geist aus Theben Symbol des Weiblichen gegenüber dem Käfer dem Prinzip des Männlichen Göttin Antilope ptolemäische Sandalen an deinen Füssen nomadisches Sonnenauge Pyramiden Körperwohlgeruch babylonischer Speichel Grösse der Vergangenheit weht mich an doch nun lache ich lachen wir ich ziehe deine Kleider aus bade in deinem Ohr zwischen deinen Schenkeln deiner magischen Zeitlosigkeit

sobald man die Bahnen der Gängigkeit, den Stupor der Alltagsbanalitäten und -gewohnheiten verlassen hat, stösst man auf eine Vielfalt von Lebensäusserungen, von quinkelierenden Überraschungen, auf eine neue, fantasievoll gefiederte, quirlständige, vielfarbige Denkweise, plötzlich wird das, was ehedem selbstverständlich war, in Frage gestellt, frag-würdig, so blendet unerwarteterweise der Stein, der verschattet am Ufer liegt, in seinem Kern. Oder folgende Sätze werden möglich:

Lichtdurchädert dein Körper – auf dich hin eile ich zu.

Sumerische, assyrische, babylonische Bilder im Herzen: Komm zu mir, du bist mein liebster Gast, du bist der, den ich seit Tausenden Jahren erwartete.

Ich stand an schwärzesten Abgründen, rachezähnige Verzweiflung durchtobte mich, doch das hält mich nicht ab, dich Leben, dich Universum zu besingen.

Lieblich gefiederte, netznervig pulsierende, sparrig verzweigte Liebe unter den Schuhen, den Blick zu Antares, Hand in Hand wage ich mit dir den nächsten Schritt.

Spektralanalysen, Sonnen- und Sterndispersionen, Umlaufbahnen und nautische Dämmerungen: Grashalm, lache, ich rede von dir.

In der grossen Nacht reiche ich dir die rechte Hand mit den Harmonien des Himmels, ziehe die linke Hand mit den Disharmonien der Hölle zurück – sehr schwer ist es, sich zu verstehen, doch wir nähern uns.

Ich bin dir bereits derart näher gekommen, dass mich die Entfernung schwindeln lässt.

Diese obigen Sätze sind nur scheinbar disparat, unvergleichbar dithyrambisch divergent, sondern kommen aus einer neuen Vielfalt phänomenologisch aufgefächerter Denkart weit hinter jedem kausalem Bemühen, losgelöst von jeder Dialektik. Es ist wunderbar, alles Bekannte über den Haufen zu werfen, wilde Assoziationen zu knüpfen, sich dem Leben in der Bildsprache des Traums zu nähern.

ich küsse deinen geist du nimbst mich sihestu wiederumb in finstrer nacht erbarm es got und aller chör der engel in wunderlicher musica kein stern steet stille der grimme todt verwaiset jammertrübe freudenreiche nacht ich liebe dich nun pack ich dich im Innern des Spiralnebels dunkel kurvig das Blut spritzt babylon-fiebrig sonnenlos durch die Schicksalsnacht herzüber verwandelt die Krähe gespreizt die Lust umso fester und kälter die Umarmung bin dennoch dir zugetan aberundabermals diese tanzenden Körper Antiphon über Meer in die Ganglien hinauf flammengierig und jetzt die Angst so rettungslos durchs Land der Asselspinnen im trunknen Immernie nabelrund das Wunder der dunklen Stunde sei still der Traum der Traum diese silberviolettgraue Chimäre will Liebesworte singen

willst du es wissen? willst es wissen dass Verwesung blüht? dass der Wald lautlos stirbt? willst du es wissen dass Würgfeigen triumphieren in der Lust des Abfaulens und des Wucherns? blassgrün rotviolett geädert so betet die fleischfressende Insektenmörderin wir fallen über uns her du bleibst verbissen menschlich du willst es nicht wissen deine Schönheit verbrennt schwarzholunderfeurig ich fände mich in dir willst du es wissen?

nach Touristenbüro-Ferienprospekten zu verreisen, ist nicht nur Geldrausschmiss, sondern auch tödlich langweilig, man bekommt das, was man erwartet, die Cocktails sind gekühlt, die Meeresstrände bewirtschaftet, die Trinkgelderwartungen geregelt, das Nachtleben vorprogrammiert, und doch gibt es genügend dumme Massenmenschen, die Reisen auf Ozeanriesenschiffen buchen, so genannte Abenteuerferien planen, alles wie geölt und geplant und versichert, versichert gegen Pannen, versichert gegen Regen, versichert gegen Sonnenschutz-Cremediebstahl, Henri Michaux schrieb ein Buch, „Reise nach Gross-Garabannien", fiktiv alles, er erzählt vom Stamm der Aravisen auf der assulinischen Halbinsel, von den Omanvusen, Garinaveten, von seinem Aufenthalt bei den Kalakjesen und Cordoben, bei den Mastadaren, Hivinizilis und Arnadisen, Michaux betreibt Ethnografie im Reich der Fantasie, er beschreibt Halluzinationen und Möglichkeiten, wie Völker sein könnten, es ist ein Fest, dies zu lesen, diese Reisen sind leicht im Drehfauteuil nachzuvollziehen, ich liebe die Reisen mit meinen Büchern, Lew Schestows philosophisches Buch „Apotheose der Grundlosigkeit" beschäftigte mich manche Nächte, der Roman „Schilf im Wind" der sardinischen Nobelpreisträgerin Grazia Deledda belügelte mich ein paar Tage, das Buch „Die Raben" des jungen Schweden Tomas Bannerhed entführte mich ein paar Wochen ins Reich der Vögel, die Biografie „Copernicus und seine Welt" von Hermann Kesten begeisterte mich sommerwochenlang, den Drehfauteuil auf den Südbalkon zu stellen, kühlen Weisswein zu trinken, Pfeife zu rauchen, Umberto Sabas Gedichte „Canzoniere" zu lesen und dazwischen ein paar Predigten von Bernhard von Clairvaux über „Das Hohelied Salomons", welche „äussere Reise" könnte das aufwiegen? ich reise gern, in meiner Bibliothek sitzend, Jahrhunderte auf und ab, ohne Pass rund um die Welt, ich bin nicht versichert gegen das Neue, gegen Unerwartetheiten, ich habe gewählt,

in deinen Knochen jubelt der grosse Schöpfer du tauchst in ihn ein er sucht dich wir ziehen uns aus und umarmen uns dein Blut singt ich schweige ach Welt wie bist du brennend schön ich verneige mich vor deiner Beherrschung vor deiner Entblössung schamhaft ist deine Lust dein Blut singt rubinrot göttinnenarchaisch flamingoschlank ins Unendliche sich verschattend und nun? ich trinke dein Blut vergib mir ja ich trinke dein Blut die Zeit rast als Madenhacker lachen als ob dein Leib ein Universum wäre ein Anderswo im Gesang niemals weiss ich ob du mich liebst die wahren Wunder töten uns in dir lauert Finsternis auf du gehst rückwärts ins Loch der Hölle nichts geschieht unerbarmungslos ich erinnere mich des Abgrunds des schrecklichen Gesichts zärtlich narbig

das Haus, das fliegen konnte, war ganz aus Holz, etwas windschief, ganz von Efeu überwuchert, Moos auf dem Dach, die Haustüre knarrte wohlig, wenn man sie öffnete, die Fenster waren da und dort undicht, die Fensterläden gammelten schräg und kaum mehr einsetzbar an den Hauswänden, die Zimmerböden waren nicht ganz eben, es war ein wundervolles Haus, das ich da mietete, mir gefiel es ausserordentlich, seit ein paar Jahren lebte ich in diesem Haus mit den vier kleinen Zimmern, im Winter wurde das Haus mit Holz beheizt, in der Küche kochte man mit Holz, als es wieder einmal Frühling wurde, sagte ich zum Haus, nun, du, flieg mit mir in den Süden, ein bisschen Abwechslung tut gut, da schlief ich ein, als ich die Augen wieder öffnete, sah ich aus dem Fenster und merkte, dass das Haus durch die Lüfte flog, unter mir sah ich Avignon, ich rieb mir vergnügt die Augen und braute mir einen Kaffee, am Stadtrand von Nîmes setzte sich das Haus hin, ich atmete lustverzückt auf, ich unternahm ausgedehnte Spaziergänge durch die Stadt und in die nähere Umgebung, nach Cassargues, St-Césaire und Les Fontilles, nach ein paar Wochen sagte ich zum alten Haus, nun fliegen wir aber weiter, als ich nach einem Schlaf wieder die Augen öffnete, sah ich unter mir die indische Stadt Sambalpur, bald die eritreische Stadt Asmara, die uruguayische Grossstadt Montevideo, den Ontariosee, das spanische Hafenstädtchen Barrio Mar, das schwedische Städtchen Karats, es war ein grenzenloses Vergnügen, im fliegenden Haus aus dem Fenster zu schauen und unter mir die Welt funkeln zu sehen, nach einiger Zeit – waren es Wochen, Monate oder Jahre? ich weiss es nicht mehr – flog mein Haus zu seinem Ausgangspunkt zurück, ich trat ein paar Schritte aus dem Haus und wurde vom Nachbarn gegrüsst, als sei nichts passiert, „schönes Wetter heute", meinte er, ich dachte mir, mit „schön" meint er wohl „sonnig", ich war etwas abwesend, doch beim weitern Gespräch stellte ich fest, dass der Nachbar nichts von meinem fliegenden Haus wusste, nichts mitbekommen hat, ich habe selten so gelacht, dein Hemd wölbt sich über deinen Brüsten deine engen Jeanshosen zeigen alles der alte Zackenbarsch lacht und betet dich an so einfach ists

im geknickten Baum der zerfetzte Schrei Angst pokuliert schmerzlich schmiedfeuergehämmert Metastasen der Lust brennen kein Zweifel vulkanische Asche raubt der Sonne die Kraft Lotosblüten hellblau weiss rosa heilig an den Ufern des Lebens sind den Göttern wie den Toten geweiht Schuberts Lazarus feiert Auferstehung der Rabenvogel schweigt

manchmal streife ich durch meine Hausbibliothek in den verschiedenen Zimmern, zupfe wahllos ein Buch heraus und lese den ersten Satz, und dabei pocht mein Herz in hohen Sprüngen. „Im Anfang schuf Gott den Himmel und die Erde." Was für ein Satz im Buch Genesis, da wird die Welt, das Leben eingeläutet. Der Roman „Weingott" von Wilhelm Lehmann beginnt so: „Der süsse Geist der Gestaltung und der grauenvolle Geist der Gestaltlosigkeit liegen immer miteinander im Kampf." Bei Yasunari Kawabata in „Ein Kirschbaum im Winter" lese ich: „Ogata Shingo, die Brauen zusammengezogen, den

Mund leicht geöffnet, schien über etwas nachzudenken." In Pearl S. Bucks „Die gute Erde" steht folgender kurze Satz am Anfang: „Es war Wang Lungs Hochzeitstag." „Henri blickte ein letztes Mal zum Himmel hinauf: ein schwarzer Kristall", leitet „Die Mandarins von Paris" von Simone de Beauvoir ein. „Elizabeth war gerade sechzehn, als sie die Plantage in einer vom Gesang der Frösche widerhallenden Nacht zum ersten Mal erblickte, und zunächst hatte sie Angst", leitet den Roman „Von fernen Ländern" von Julien Green ein. Herbert Rosendorfers Romanouvertüre von „Der Ruinenbaumeister" lautet so: „Wer in einen Zug steigt, in dem sechshundert Nonnen eine Wallfahrt nach Lourdes antreten, ist froh, ein Abteil für sich allein zu finden, auch wenn ihm darin ein komisches leises Pfeifen und mehr noch ein leichter kalter, säuerlicher Geruch auffällt." Nun würde ich am liebsten den ersten Satz von Michel Leiris' vierbändigem Werk „Die Spielregel" zitieren, doch das geht leider nicht, er ist zu lang. (Ich stelle „Die Spielregel" von Michel Leiris als literarisches Kunstwerk weit über James Joyces „Ulysses.) Es ist eine Lust, erste Romansätze zu lesen, denn jeder Satz, ob kurz oder lang, ist wie ein Gongschlag der Erwartung, fächert meine Unruhe auf: Was wird geschehen? Der Roman „Der besessene Bibliothekar" von Mircea Eliade beginnt so:

„Am Morgen des 28. April klopfte ein unerwarteter Besucher an die Tür des Pförtners Julius." – Ach, ich taumle schier vor Freude. Ich erinnere mich: Was für ein Lesefest, als ich dieses Buch las …

hirngetrommelter Kopffüsser würgt unerbarmungslos ich renne nackt unterbrust die Verweiflung Tiefseefangarme ich muoss von Hertzen seuffzen min Todt ist so todt

es ist das Sonnenauge das verwandelt unter dem Weidenbaum im Schatten wurdest du schwanger dunkle Sinne zeugten neues Licht du weisst dass du wandern musst ob zum Leben oder zum Tod ich sitze tief versunken über deinen Sorgen Gut und Böse frage nicht sei still und lausche ein sanfter Wind streicht durch deinen Schädel ich wiedererkenne dich dunkelblauer Wind

ich, Simon der Dichter, gebe es unumwunden offenherzig zu: Letzthin las ich Jean Pauls Erzählung „Des Feldpredigers Schmelzle Reise nach Flätz mit fortgehenden Noten; nebst der Beichte des Teufels bei einem Staatsmanne", und ich habe als Gesamtes nichts begriffen aufgrund seines circensischen Sätze-Äquinoktiums, seiner kühnen Sprach-Äquilibristik, ich liebe Jean Pauls virtuose, blinkende, abrupt in sich abbrechenden oder in sich ruhenden langen Sätze, vor saftiger Fülle strotzend, Satz für Satz ist stilistisch wie wortwahlmässig ein kurrlig-murrlend kriebelmückisch brausendes, unerwartetes Fest, die Abschnitte mit Brechungen und Zickzackaussagen, lianenverschlungen, assoziativ reich bebildert, mehr verdunkelnd als aufblitzend, es ist eine sprachliche Leselust, Jean Paul zu lesen, nur kommt mir bei ihm immer wieder der Inhalt abhanden, was ich aber nicht bedauerlich finde, es ist ein Geheimnis, Jean Paul zu lesen, er quirlt mich auf, schon seine seitenlangen Vorreden, Vor-Geschichten oder Vor-Kapitel, Ersten Vorlesungen, Enklaven, Billette, Belustigungen, offenen Briefe, Epistel zu seinen Werken, sie trinken sich wie süffiger Wein, auch wenn man nicht immer weiss, worum es geht, leider ist das Genie Jean Paul heute gänzlich aus dem Rahmen gefallen, Authentisches, Kurzes, Prägnantes ist gefragt, das Urwaldverkrautete spielt keine Rolle mehr, wir sind die knappe Sprachkost gewohnt, eingesperrt ins Twittern, der asthmatischen E-Mails und der SMS, der schwindsüchtig chronische Stil wird von Verlegern und

Journalisten gefördert, das Satirische, Idyllische, die kleinbürgerliche Welt persiflierend, ist kaum mehr gefragt, und der Versuch, Poesie und Wirklichkeit zu verbinden, verbunden mit einer schönen Portion Skepsis, mit sich ergänzenden und widersprechenden Erzählelementen voller Abschweifungen aus einem empfindsamen Gefühl, visionärer Kraft und satirischem Witz, davon sind Jean Pauls grossen Romane voll, Romane die ich liebe, ich werde „Schmelzles Reise nach Flätz" nochmals lesen (denn ich glaube, ich habe Wesentliches verpasst),

ich bleibe hellsichtig du bist schön geil potent du bist ein Gesang den ich liebe schlank bist du ohne Fettgewebe grazil klarkonturiert diaphan dunkel wie ein Traum du tanzt nackt nackt bist du ein Wunder ich küsse deinen Schweiss vergib mir dass ich dich masslos liebe

Angst molocht krumpelige Stunden orgiastisch nachtschwarz torkeln ins All überm Kropf glotzt Gott wir feiern Apoplexie nichts geschieht Tod verklumpt Leben der Himmel wölbt sich vergebens im Blut narkotisiert giftverpilzt alles Otterngezückt schreit letztes Licht wie

Schleim lies den Obduktionsbericht lies ihn nicht es braucht kein Messer an der Kehle der Krebs der dunkle ists

in jedem Leben gibt es Ruhepunkte, in denen die Seele aufatmen kann, wo es keine Probleme mehr gibt, alkyonische Tage, wo das Meer ruht, Stunden, in denen nichts geleistet werden muss, alle Erfordernisse nichtig sind, Weh und Ach und Mühnisse des Alltags keine Bedeutung mehr haben, wo man tief aufatmen, einatmen darf, fern von allen Geboten der Aktualität, Zeit ist wie ausgelöscht, einen Terminkalender gibt es nicht mehr, Ruhepunkte, in denen man ahnt, was Glück ist, unabhängig von allen Beziehungen oder Beziehungslosigkeiten, weit ab vom Gehetze der Zeit, das grosse gefürchtete Weltall als ruhende Insel eines jeden Menschen, der Frieden sucht, letzthin hörte ich die Messe op. 80 in E-Dur von Johann Nepomuk Hummel und begegnete dem Weltall in seiner ganzen Grösse, ruhend auf einer Insel des Glücks und Friedfertigkeit, das Benedictus, der Hymnus, Lobgesang des Zacharias, Lukas 1, 67, sprengt die Fesseln des bloss ans Irdischsein-Gebundenen, da werden alle Bombastereien und Aufgeblähtheiten nichtig, bei tibetischen Mönchsgesängen, bei Mantras, ruht das Weltall sich tief in der Seele aus, oder wenn ich Gedichte lese von Vicente Aleixandre – „Singt, Vögel": „Singt für mich, schillernde Vögel, / die ihr im glühenden Wald die Freude ruft / und trunken vor Licht aufsteigt wie Zungen / im wartenden Blau, das euch annimmt" – da ruht sich das Weltall auf einer Insel aus, da versucht das Weltall, sich in einem menschlichen Herzen auszuruhen, es kann auch die Malerei sein – zum Beispiel Marc Chagall oder Joan Miró – wo die Seele aufatmet und eine Insel fürs Weltall wird, oder ein Liebesgeflüster, es liegt an mir, es liegt an dir, ob es diese Inseln gibt,

zwischen Idee und Sinnlichkeit tanzen Gegensätze eng umarmt Lust begleitet Angst ich bete die Schönheit der sanften Zuneigung an gut ist der nackte Körper heilig die Begierde das ist kein Gedanke keine Philosophie keine Anschauung der Moral das ist flockenleichtes Erlebnis der Liebe liebesberauschende Erfahrung der Nacht was zählt ist nicht zu zählen ich geniesse es, unter Milliarden Menschen überflüssig zu sein, mich sucht kaum ein Mensch, ich suche kaum einen Menschen, es ist wunderbar, einfach zu leben, ich muss keine Partei aufpolieren oder demontieren, ich muss fürs Bruttoindlandprodukt nicht aktiv werden, ich muss für kein Verteidigungsdispositiv mich in die Bresche schlagen, ich lebe drauflos, schreibe still meine stillen Gedichte, und ob die jemand liest oder nicht, ist nicht mein Problem, wenn ich mag, trällere ich ein Liedchen in die Maisonne hinein, pfeife vergnügt in die Nacht hinein, morgens kann ich mich aufs Velo schwingen und vergnügt in den Mittag hinein radeln und in einem Landgasthof einen Wurstkäsesalat mampfen bei einem prickelnden Süssmost, nachmittags kann ich die Sandalen in eine Ecke schmeissen, mich in den Drehfauteuil pfläzen und zum Vergnügen etwas Philosophie lesen, zum Beispiel „Ursprung und Gegenwart" von Jean Gebser, um meine Gehirnrunzeln etwas in elastischem Training zu behalten, wenn es Abend wird, zünde ich mir eine Kerze an, höre zum Beispiel Gioacchino Rossinis Melodramma Semiserio „Torvaldo e Dorliska", zünde mir eine Pfeife an und trinke ein Rotweinchen, strecke meine Beine aus und überlege mir dies und das, ohne mir beim Nachdenken Mühe zu machen, ich muss schliesslich nichts Vernünftiges machen, ich kann es mir leisten, mich selig überflüssig zu fühlen, ich will nun nicht zu tiefsinnig werden, doch wenn ich die Welt betrachte mit all ihrer Vernunft, wird es mir angst und bang, aus lauter Erfolghabenmüssen rast die Welt in den Abgrund, derweilen ist die Erfolglosigkeit eine tolle Sache, über die man herzhaft lachen kann, ich lache gern über mich, das ist etwas Befreiendes, ich, Simon der Dichter, bin in meiner überqualmten Stube schon recht alt geworden, Überlegungen, was gesund sei und was nicht, überlasse ich vergnügt den Vernünftigen, sie werden auch nicht älter, überhaupt ist das Argument der Vernunft ein Mumpitz für bigotte Tanten und angeschlagene Onkels, mir, Simon, ist das einerlei, es ist wunderbar, sich überflüssig zu fühlen, das schafft Lebensraum und Freiheit,

REQUIEM
Nachtmeere zwischen feurigkalten Sternen stürmen Welten schichten sich auf gigantische Wolken aufgebläht in deinem Atem Erfindung in der Geheimschrift des Ichunddu schweigt das Schweigen wir haben kalte Seelen und beten heisse Haut an Nachtmeere donnern durch das Ohr wir lieben einander zwischen den

Schenkeln wie es Brauch ist Todesmasken sind leicht zu finden deine Worte sind Infrarotverschiebungen Topografie des Monds des Geschlechtsglieds Schakale im Mund Schwarzer Löcher wir suchen uns in Zuneigung wundkleewolliggelb uns tröstend zungenleckend in der Erdspalte der unrettbaren Verlorenheit beten wir uns hymnisch an im Chansonette im balladesken Totenlied des Welttheaters als Okzident und Orient kugeln sich deine kleinen Arschbacken Sternatlas deine junge Haut Grabinschrift mir alles ich lache tanze ziehe mich aus in der Comedia burlesca des Vorspiels du bist längst nackt wir trinken Châteauneuf-du-Pape berauschen uns im Laster der Nachtigall o furchbares Meer der ernsten Ewigkeit Mittagsalbtraum wo itzt rauschet ein Würmchen abendrotentzückt bereits doch immer diese ätzende Angst vergraben tief tief vergraben in ewiger dunkler fluchtloser Nacht

ENDE

Nach Duden gibt es keine Pluralform von „Sicht", doch Simon der Dichter nahm sich die Freiheit für das Wort „Teilsichten aus einem Künstlerleben", weil es in diesem Zusammenhang einfach das beste Wort war. (Bei An*sicht* gibt es die Pluralform An*sichten,* doch das wäre für Simon nicht das treffende Wort.) Sichtweisen wäre ein richtiges „erlaubtes" Wort, doch das gefiel Simon nicht. So geht schon aus dem Untertitel hervor, dass Simon in jeder Beziehung für die Freiheit ist, für seine eigenen Teilsichten.

■■

Im gleichen Verlag – bei BoD Books on Demand, Norderstedt, Deutschland – wie „Simon der Dichter" – ist von Paul Gisi erschienen:

„Nächte des Knurrhans", Aphorismen, Fantasien, Briefe, 108 Seiten, 2015

„Auf deinen Fingerbeeren tanzt das Weltall", Liebesgedichte, 235 Seiten, 2016

„Oleivo der Maler", Passagen aus einem Künstlerleben, 84 Seiten, 2016